谌容文集

6 散文杂文

兴趣种种

作家出版社

作者简介

谌容，女，中国当代作家。祖籍重庆巫山小三峡，1935 年 10 月 25 日出生于湖北汉口。1937 年抗日战争爆发随父母入川，1945 年抗战胜利至北京，毕业于东城私立明明小学，后考入北京女二中。1948 年初随家人回重庆，就读于重庆女二中至初中二年级。

1951 年参加工作，在重庆西南工人出版社门市部（书店）售书。1952 年调入《西南工人日报》编辑部任干事。1954 年考入北京俄文专修学校（现北京外国语大学），成为新中国第一批享有国家调干助学金的大学生。1957 年毕业分配至中央广播事业局从事翻译工作。1961 年病休。1962 年调入北京市教育局待分配。病休中开始练习写作。

1975 年第一部长篇小说《万年青》由人民文学出版社出版。1979 年在《收获》发表第一部中篇小说《永远是春天》。1980 年调入北京市作家协会为专业作家。改革开放四十年间，谌容在全国各地期刊发表多部中、短篇小说，作品深受广大读者喜爱，多次获得各种奖项。由作者改编的电影《人到中年》，获得当年"百花""金鸡""华表"三大奖，得到广泛赞誉。

■ 二〇一八年夏天作者在自己的书房，已是老眼昏花八十三岁的老人。

一九八一年随中国文联代表团访问日本。出席活动时，我替李可染大师签名，不愿在日本留下他的墨宝。尽管如此，我可当着全团"严正声明"，不向老先生索画。虽然老画家对我特好，回国后也未敢登门拜访。

一九八一年访问日本是随文联代表团，凤子大姐代表戏剧界。她待人和蔼可亲，这次同行相识，回国后她常做了好菜好饭在家招待我。左一谌容，左四凤子，中间是日中友好协会的朋友。

八十年代中期，作者随中国作家代表团经莫斯科访问北欧的
瑞典、芬兰，和那里的女作家们欢聚。

■ 一九八九年秋冬之际，应邀去了日本和瑞典，这张照片在什
么地方拍的，不记得了。

■ 根据照片上的日期（一九八九年十月二十二日），那时我应
该是在瑞典。因瑞典皇家出版社翻译出版了我的小说《人到
中年》，应出版社之邀去了斯德哥尔摩。

目录

病　中

病，是很苦的。

骨头架子散了，每一处关节都在疼痛，每一根神经都在颤抖，每一个细胞都在鼓噪，浑身的机器零件都坏了，筋疲力尽了。

而更苦的是，尽管人卧病榻，意识却并不朦胧。非但不朦胧，反倒格外清醒。这时间，千万种思绪，像层层的浪花，在脑海里回荡，像缕缕透明的丝，在神经中枢飞快地旋转，停不下，剪不断，缠来绕去，叫你难有片刻安宁。

这样清醒地病着，真苦啊！简直可以说不是病，而是白天黑夜地在受一种酷刑！

"什么也别想了，什么也别写了！"朋友们来探视，关切地叮咛着。我也命令自己：这回要好好休息，什么也不想，什么也不写。

然而，我不能……

人们常说：儿时小病，虽也有些微微的苦痛，那实是甜丝丝的。可以赖在被窝里不起，可以不去上学，可以向大人们提出平日不敢提的要求。我可曾有过这样甜蜜的病？应该是有过的。我也有童年啊！

然而，这种病中甜甜的滋味，从来没有在我心头留下任何印象。哪怕有一点模模糊糊的痕迹，让我去追忆，去织补，像修复一幅褪色的画，那也能领略到难得的乐趣！

只记得，很小的时候，有一次去"赶场"，看见红殷殷、水灵灵，透明得红宝石似的樱桃，堆放在铺着绿叶的竹篮里，好诱人哪！一个小姑娘走来，递上几个镍币。那个系着印花土布围腰的农妇，在她的小手里放上一大把樱桃。小姑娘捧着樱桃挤出熙熙攘攘的人流，跑向小巷去了。又一个小姑娘走来……

我没有镍币，只好走开去。等我小口袋里叮叮当当有了钱，赶忙跑到街上，钻到人群中去，已经寻不见那系着花围腰的农妇了。樱桃下市了。

这难道不可以写进一篇小说里？日落西山，鸟雀归林，薄暮中一个瘦小的老太太躺在院中的竹凉椅上，半闭着眼，似睡非睡。她的一生平平淡淡，没有什么值得回忆的。或许，可以回忆的都已回忆过千百遍，再咀嚼也没有味道了。于是，她从记忆的暗角中找出了那始终未能尝过的樱桃，越发觉得这是终生的憾事。

结尾应该是这样的：有一天，她六岁的小孙女知道了奶奶的秘密，跳跳蹦蹦地捧来了一包樱桃。"樱桃！樱桃！奶奶，吃呀！"奶奶的眼睛已经永远闭上了。红殷殷、水灵灵的樱桃撒了一地，滚落在院子里……

一个石板铺成的大院子。方方的石板，一排五间青砖大瓦房。

西头这间是新媳妇住的。花轿进了门，孩子们挤在轿前看新娘子。晚上，新娘子低头坐在太师椅上，红灯红衣服衬着，她多好看，多神秘！第二天，她走出来，站在院子里发愣。脸儿黄黄的，连头发也是黄的，一点儿也不好看了。

这不是北方的大院，是四川的乡坝头，应该加上一棵黄桷树，洒下一大片绿荫。夏天的夜晚，人们在树底下摆龙门阵，徐徐的清风，悠长的蝉鸣，吵闹的蛙声。

啊，不要，不要。樱桃、黄桷树，老奶奶、新娘子、小姑娘，请你们走开吧，让我安静一会儿……

屋子里悄悄静静的。窗帘拉着，只觉幽暗、沉闷。空气是窒息的。不知是什么时光了。伸手拉开黑色的窗帘，原来已是夕阳斜照，日近黄昏。

吞下了该吞的药片，喝下了该喝的药水，不敢再闭上眼睛，不愿再拉上窗帘。转眼朝窗外望去，那棵高大的绿树被残阳照得通红，只见树叶儿扑扑棱棱，不见小鸟儿的身影。它们藏到哪儿去了？它们在呼唤什么？

嘀嗒，嘀嗒。嘀嗒，嘀嗒。一只小座钟在辛勤地运行着。这是一只普通的小闹钟，上海出产，价钱便宜。它又是一只非凡的小钟，被摔了好几次，已是遍体鳞伤。镜面粉碎，荡涤无存，框架脱落，缺陷不全，却照常走着。走了十多年，一直走到现在，简直是个奇迹。它同我受难的祖国多么相似。

火车在田野上奔驰，飞机在天空中翱翔，轮船在大海中前进，自行车在街上接踵涌流。机器在运转，万物在生长。呱呱坠地的婴儿在啼哭，对面餐馆里掌勺的大师傅在当当地敲着锅沿。生活按照自己的节奏在运动。

斗殴和争吵，讽刺与幽默。

老地主找工作队诉苦，鼻涕眼泪地说，正吃晚饭时，他孙子一脚把他从炕上踢了下来，因为他搞不上对象。

他们相爱了。过了三星期，他说："我不是一个为女人牺牲自己的男人！"她说："我不是一个为男人牺牲自己的女人。"他们分手了。

西颐宾馆明亮宽大的房间里，县委书记们正在开小组会。一个胖胖的黑脸书记蹲在紫红色的丝绒沙发上。一个瘦瘦的尖脸书记说他："土老杆！"那胖书记笑模样地答道："受洋罪！没我那木头板凳蹲着得劲儿！"

一位"革命领导干部"作报告，几个干部凑在一起，全神贯注地数他说了多少个"咹"。两个钟头的报告结束，一共是四百零三个"咹"，可怕！

故事还应该续下去：这位"革命领导干部"把这几个干部找去训了一顿："谁叫你们统计的，咹？你们想干什么，咹？就算我说话喜欢带'咹'，咹，这是什么原则问题，咹？"

再接下去：一个火箭式干部，原来是个大老粗，后来提成"革命委员会"副主任。他什么也没学会，就学会了"咹"。

一个哑巴社员，违反了公社的土政策，被吊起来打死了。临死一个字也喊不出来。

"眼泪，眼泪，哪来那么多的眼泪？"

"我们的生活充满阳光！"

"这个戏坏就坏在没有一个好人！"

"这部中篇坏就坏在没有一个坏人！"

"难道我们的生活是这样的？"

"难道我们的生活不是这样的？"

唉！别想了！假如能够什么都不想，那该是多么好！"她肩上的重担卸下了，种种的操劳免去了，似乎有足够的时间去寻找过去的足迹，去探求未来的路。然而，脑子里空空荡荡，没有回忆，没有希望，什么也没有。啊，多么可怕的空白。"这不是陆文婷大夫在病中吗？脑子里空白是可怕的。但，我宁要这空白，不要这纷扰。

巴尔扎克说："创作是累人的劳动。"没有想到它竟是这样的累人。作家的脑子就是劳动的车间，你病倒了，你的车间没有停工。安装在那里的各种机床昼夜不息地旋转着。生活的素材不断地被传送带输送进来。体验、分析、加工、提炼、构思、丰富。这里没有病假、没有公休、没有节日。这里是永远的运转，甚至人在梦中。

这是病态：神经衰弱，精神分裂。这又是最佳的竞技状态：文思如潮，不可遏制。

我伸手拿过一沓稿纸，写下了两个字的题目：《病中》。

一九八〇年四月

中年苦短

十二年前，我写了《人到中年》，从此似乎与中年结下了不解之缘。

前些年《北京晚报》辟"人到中年"专刊，让我替它的发刊号写过开篇。现在，《新民晚报》的"人到中年"征文，又来令我作结束语。看来，中年问题仍然是社会关注的一个热点。幸乎？不幸？

从这次选登的二十篇文章来看，当代的中年人与陆文婷们有许多相似之处，也有许多不同之处。相似的是，都有理想，都有追求，也都有困惑，都感到生活的沉重，感到疲惫；不同的是，在市场经济的大潮中，他或她的躁动，是陆文婷那代人不曾有过的，他或她的自我调节能力，也是陆文婷那代人所未能学会的。这又是幸，还是不幸？

人生苦短，中年也只是短短的一瞬啊！假如以三十五岁作为中年的起点，以国家规定的离退休年龄作为老年的开始，那么，中年也只有二十年至二十五年时间。在这弹指一挥间，我们想做的该有多少！能做的又有多少？我们没有时间蹉跎，不能总是躁动、总是困惑。中年，没有多少选择的机会了！这，或许是最不幸的。

我正在写《人到中年》的续篇——《人过中年》，并且准备搬上银幕。一九九三年，陆文婷已经到了快退休的年龄了，傅家杰热衷于"下海"办公司，马列主义老太太成了董事长，刘学尧夫妇回国做生意，圆圆想办出国，佳佳"傍"上一"大款"。改革开放，五光十色，在陆文婷的生活中，在陆文婷的心里，都激起层层波涛。她能接受什么，她不能接受什么……

这也许不是我能回答的，我只希望更多的中年朋友能够思考。毕竟，从"人到中年"到"人过中年"，留给我们的时间太短太短了。

一九九三年五月

悲欢与共四十秋

她老了。

作为一个英国公民，她已经在中国生活了四十多年。挺直的脊背弯曲了，秀美的金发全白了，雪白的皮肤刻上了皱褶，只有那一双蓝色的眼睛仍然闪现着动人的光彩。

这是一九八二年三月间的一个晚上，格乃黛丝·杨在家中宴请几位中国朋友。晚饭已经吃过，客人们都坐在兼做书房的客厅里聊天。幽暗的灯光静静地照着古朴的硬木写字台和黑色的书架，也照着她那娴静的面庞。

初春的夜，北京还有些寒意。暖气已经停了，坐在炉子上的水壶发出嗞嗞的响声。客人们从文学谈到历史，从中国谈到英国，从四十年代的重庆谈到八十年代的北京，而谈得更多的，是我们的女主人。

此刻，格乃黛丝·杨端坐在我们面前，手指夹着香烟送到唇边，淡淡的烟雾飘散在她的眼前。这是怎样的一位英国妇女啊！她的青春，她的欢乐，她的悲伤，她的心血，都好似点点雨露，消融在中国的泥土里，滋润着异国的大地。或许，浮云般的往事正在她心中飘荡，那些逝去的场景，多么像是一个个色彩斑驳的梦！

奇特的婚礼

一九四一年二月十六日，坐落在重庆两路口的汇利饭店里，正在举行一个引人注目的结婚喜宴。

新郎身着长袍，是一位风度翩翩的中国青年。新娘却是一位碧眼金发的英国美女。只见她身穿白色锦缎长旗袍，胸前绣着金色的凤凰，袅袅娜娜地伫立在新郎的身旁，恰似一只远方飞来的凤凰栖息在这山城的梧桐树上。从这一刻开始，格乃黛丝的名字和杨宪益的名字连在一起了。她被称为格乃黛丝·杨。

宴席上充满了中国婚礼特有的那种喜庆和喧嚷的气氛。客人们鱼贯而来，轮番向新人敬酒。格乃黛丝的汉语那时还没有学得很好，听不大懂这些祝福的溢美之词。她只是一次一次地跟着杨站起来，学着他的样子把酒杯递到唇边。杨宪益海量，格乃黛丝善饮，然而，在这喜庆的日子里，他们只是很有礼貌地应酬着，并不尽兴。格乃黛丝把目光转向坐在身边的母亲。四十年后回忆那难忘的一瞥，她清楚地记得，与其说母亲在笑，不如说母亲在哭，她那涌上眼眶的泪水只差不曾滴在面前的酒杯中。母亲是反对这件婚事的，从一开始就反对。她满心希望自己有才有貌的女儿嫁一个英国有地位的人，或成为一名外交官的夫人。她觉得自己血肉铸成的娇艳的玫瑰，移植在中国这块贫瘠的土地上，不会再有芬芳。

杨的母亲也坐在儿子身边。对于杨门独子领回家来的这位外国儿媳，她以中国慈母特有的那种睿智大度接纳下来。母亲唯一的要求，是按照祖宗的惯例举行这次喜宴，以不违"明媒正娶"的古训。沿袭家规，她把祖传的首饰亲手送给儿媳，并为新妇定制了昂贵的新衣。现在，该做的都做了，留给做母亲的只是一颗空落落的心：这个儿子不再属于自己了！

两个母亲，远隔重洋，素昧平生，如今是一样的忧愁，一样的无可奈何。似乎应该快乐的一对新人，眉间眼角却有一股隐隐的愠色。这闹剧式的结婚仪式，简直是对他们心中爱情的亵渎。对他们来说，这不过是一次对世俗的妥协，只有满堂凑趣的宾客兴高采烈。"中西合璧""天赐良缘"等赞颂之词飞来扬去。

他们并不知道这一对异国情侣是怎样结合在一起的，更不会想到等待着他们的将是怎样的命运。

相逢在牛津

多么有趣，那青年时代爱情的纠葛！假如没有杨宪益，格乃黛丝和那个热恋着她的英国青年结婚，她的一生又将是什么样子呢？

环绕在艾瑟斯河上的牛津，三十年代还是一座幽静的文化小城。几十座享有盛名的学院，分布在一幢幢古老的建筑物里。河岸边的绿茵上漫步着在知识的海洋里遨游的大学生们，石板路的小巷里飞闪过他们骑在自行车上的矫健的身影。

十八岁的英国姑娘、牛津女生学院一年级的大学生格乃黛丝，聪慧活泼，美丽端庄，热心于社会活动。大学里有一个"中国学会"，是那些关心中国政局，反对日本侵略中国的中、英两国学生组成的。格乃黛丝参加了"中国学会"。在那里的集会上，她第一次见到了杨宪益——一个自费留学的中国学生。

第一面，他给她留下了什么样的印象呢？

"小眼睛，脸很白，文质彬彬的，特别讲礼貌。"她回答得非常具体，非常亲切，仿佛这不过是昨天的事情。

可是，这个小眼睛的中国青年是个多么"有意思"的人啊！他不像英国青年那样喜欢体育锻炼。别人在河里游泳，他抱着胳臂在岸上观看。同大家一起划船，他也不那么使劲儿。偶尔打一次网球，他显得那么懒散。球落到跟前，他才挥动手中的拍子；若是落在较远的地方，伸手莫及，他宁可输掉，也不愿跑这几步。

那个时代，一个中国书香门第的公子，无力同英国青年竞赛体育，甚至也"不屑"于参加这种比赛。

然而，这位温文尔雅的中国学生，却以他渊博的学识、诙谐的谈吐，赢得了同学们的好感。并且，谁说他拙于文体活动？只要他愿意，他就可以夺标。他学击剑，最后打败了他的教师；他玩投镖游戏，又是多么出色啊！

那是一次徒步远足，学生们结伴来到英国中部的一个矿山。在矿工们的酒店里，大家玩投镖游戏。杨宪益大获全胜，矿工们把优胜者抬到桌上。他高高地站在桌上即席讲话。

这次讲话，变成了一次慷慨激昂的演说。他讲到多难的中国正在日本侵略者的铁蹄下呻吟，无辜的妇女和儿童正在遭到惨无人道的屠杀，长城内外到处燃起了抗日的烽火。

他的激情，使在场的工人们沸腾起来。他们大声叫道："你带队，我们都去参加中国的游击队！"

丘比特的箭，什么时候悄悄射进了格乃黛丝的心中？是在艾瑟斯河岸的绿树下，还是在温德湖的轻舟上？是在肃穆的图书馆里，还是在喧嚣的酒店中？只是到了有一天，当那英国青年向她求婚时，她才脱口说道："我不喜欢你，我喜欢杨。"

这位英国青年回到宿舍痛哭失声，呜呜咽咽地把自己的不幸告诉了那幸运的中国青年。第二天，杨宪益脸色苍白地站在格乃黛丝面前，又惊又喜地问道："你的话是真的吗？"

"是的。"

"可是，我的国家太穷了，太乱了。"

"那没有关系。"

是啊，那有什么关系呢？爱情，能超越国界；爱情，可以不计贫富。爱情，根本就是一个诗一样的谜，有谁能把它说得清呢？他们相爱了，这就是一切！

为了说服母亲同意这门婚事，杨宪益先给当时在燕京大学读书的妹妹杨敏如写了一封信。如今已经当了外婆的敏如，还清楚地记得信中的句子：

"我认识了一个女朋友，是个英国人，很朴素，非常好。中国女学生里都找不到这样的。她是你们'燕大'英国教授戴乐仁的女儿。你一定告诉妈，她非常好……"妹妹完全理解哥哥的心情，赶忙跑回家去做说服工作。

"长不了，她会跑回去的。"母亲摇头。

母亲的忧虑并不是毫无根据的。就在不久前，她就耳闻了一幕悲剧：一个中国人娶了一个英国舞女，不过一年，这位洋美人就飞了。

"她不是舞女，她是大学生。她父亲就在我们学校教书。"杨敏如说。

这好像使母亲稍释疑虑。她拉着女儿的手，喃喃地说："如果这是命中注定，那以后，我就一辈子跟你过了！"这以后，她病了一场。

中国的母亲对儿子作了妥协，英国的母亲却没有在女儿面前松口。"你为什么要嫁给一个中国人呢？如果你一定不愿意和英国人结婚，你可以找一个法国人、加拿大人、美国人，中国是那么一个贫穷的国家啊！"母亲把这番话说了无数遍。

"因为我爱他。"女儿的回答总是只有一句。

一九四〇年格乃黛丝和杨宪益都取得了牛津大学的文学士学位。他们放弃了美国哈佛大学的聘请，谢绝了牛津大学的挽留，决心回中国教书。

颤悠悠的滑竿

飞机降落在重庆机场。

戴乃迭（格乃黛丝的中文名字）走下舷梯，发现自己来到了一个完全陌生的地方。

对于戴乃迭来说，中国是亲切的。她一九一九年在中国诞生，六岁时被父亲送回英国。在这里，有她金黄色的童年的梦，有她向往已久的古老的文明，有她未来生活的全部希望。她简直是怀着迫不及待的心情，想同杨一起扑身于童年的梦境，寻觅那飘失的记忆，续写新的诗篇。

然而，现实生活同理想王国的距离是多么遥远啊！戴乃迭被扶上滑竿，两个扛夫一前一后把她抬了起来。这样的运载工具是戴乃迭从未坐过，甚至从未见过的。她的靴子几乎可以触及前面那位扛夫的头帕。

在崎岖的山城，她被高高地抬起，颤颤悠悠地沿着破败的石阶而上。映入她眼底的，是一幅悲惨的画面：陈旧的木板楼，潮湿的小街，衣衫褴褛的行人，饥饿的儿童，卖儿鬻女的乞妇，甚至还有倒卧在路边的尸体……难道，这就是她远离故国所追求的天堂？这就是中国战时的首都？

"蒋是抗日的。"在英国的时候，她只看到国民党的一些宣传品，曾这样对杨宪益说。

"不，你不了解蒋介石。"杨宪益不止一次同她辩论。然而，对于一位英国少女来说，怎么可能理解蒋介石这个半封建半殖民地的旧中国的独夫民贼呢？

杨宪益没有把她说服，生活却说服了她。在雾沉沉的重庆，她看到过达官贵人们是怎样借"抗战"以营私，看到了世界上少有的特务横行图。在她执教的"中央大学"分校所在地——一个荒僻的山村里，她又看到了终年脸朝黄土背朝天的农民不得温饱，看到了土豪劣绅怎样鱼肉乡民，"党国精英"怎样欺辱那些流浪入川的难民……

"你对三青团的印象如何？"一次，有人对她提出这样一个问题。

"我看，他们像法西斯。"戴乃迭直言不讳。

不久，她就被"中大"分校客客气气地解聘了。他们家也被秘密搜查了。尔后，她奔波于川黔两省，往来于蓉渝两市，或执教于课堂，或埋首于译文，最后落脚在徒有其名的"国立编译馆"，消失在《资治通鉴》的故纸堆中。

在家庭里，她也不是一个合格的儿媳妇。她不会做针线，更不会绣花。中国妇女传统的"女红"，她一窍不通。中国的烹调艺术，她一无所知。中国家庭烦琐的礼节，她难以适应。做一个中国儿媳妇是多么难啊！所幸的是，婆婆早有预见，未曾与她同住；杨宪益不从世俗，全不把这些放在心上。啊，最初的这些年月是怎样熬过来的？或许，当时有一种希望支持着她：这是开始，又是战时，一切都是艰难的。等到抗战胜利了，一切都会好起来的。

这时他们已经有一个可爱的小男孩。他们给儿子取了一个象征光明的名字——杨烨。

这一天终于来到了，日本天皇宣布无条件投降。戴乃迭同中国人一样高兴，甚至比中国人还多一层高兴。

她觉得生活将重新开始。

漂泊在长江上

戴乃迭怀抱着十个月的小女儿，杨宪益扛着行李，牵着两岁半的儿子，随着拥挤的人流，踏过跳板，登上了一只乱哄哄的木船。

抗战胜利时的重庆，发过"国难财"的国民党大官们又坐上飞机去发"接收财"了；中等的官儿也坐上轮船"衣锦荣归"了。那些下层的公务员、教书匠、文化人，只能购买这种木船票，跨上东归的旅途。

一艘小火轮拉响汽笛，呜呜地叫着。它拖着两只木船，吃力地起航了。朝天门码头远去了，傍山而筑的重庆城远去了。苦难的日子结束了，新的航程开始了。

尽管船上的人挤得像罐头里的沙丁鱼，尽管杨宪益一家四口只占有一席之地，戴乃迭仍然心情愉快。她现在是航行在长江上了。长江，是中国伟大历史和悠久文明的见证。古往今来，它吸引了多少英雄，孕育了多少诗人，"大江东去，浪淘尽，千古风流人物……"此刻，滔滔东流水将洗尽这位异国才女在乱世里的尘埃，载她到一个崭新的去处。她多么盼着这船儿快些、再快些。

可是，经过整整十七个昼昼夜夜的漂泊，小木船才终于在金陵码头靠岸。这时，戴乃迭发现，半个多月肮脏的船上生活，已经在女儿身上留下了一个个脓疮。而这时的中国，也已千疮百孔。国民党政府还都南京，不思治理战争的创伤，反而撕毁了"双十协定"，发动了新的内战。中国重新陷入战火之中。

回忆抗战胜利后的那段生活，戴乃迭总是摇摇头，用"失望"两个字来概括。

作为一个爱国的知识分子，杨宪益参加了推翻国民党反动统治的地下斗争。而她——戴乃迭，总是无条件地支持丈夫的正义事业的。一九四九年，戴乃迭同中国人民一起，迎来了真正的解放。

啊！北京

一九五二年，戴乃迭终于回到了她出生的地方，回到了几十年来她始终怀念着的北京。这时，她已不再年轻，她是三个孩子的妈妈了。

展现在她面前的，是一个新生的古老的京城。庄严的天安门，巍峨的紫禁城，幽静的燕南园，干净的四合院，彬彬有礼的人民，天真烂漫的儿童，纪律严明的解放军战士，到处生机勃勃。她觉得，她的第二祖国有希望了。她写了那么多信，给远在伦敦的母亲，给姐姐，给亲戚朋友们，报告着新中国每一个进步和她的每一个感受。

戴乃迭和杨宪益都参加了英文版《中国文学》杂志的翻译工作。那时候，新中国诞生不久，世界各国人民都盼望着知道中国发生的变化，希望了解中国的现在和过去。戴乃迭觉得，这是她把自己全部精力奉献出来的时候了。每天，她都准时走进办公室，趴在桌上就不动了。她埋头翻译、审稿，从不说一句多余的话。

在她看来，没有比时间更可宝贵的了。在几年的战乱中，动荡的生活使她失去了不少时间，现在要用加倍的勤奋把它追补回来。《中国文学》一期一期地出版了，她和杨宪益在解放前合译而未能出版的《楚辞》《儒林外史》及《鲁迅选集》（共四卷）相继同读者见面。当她第一次拿着自己翻译的书时，她的那一种兴奋和欣慰，有谁能知道！

有时，她也想去寻访过去生活的足迹。如果能有机会回到抽屉胡同，回到她小时住过的四合院，那该是多么有意思！她打听了一下，北京有两个抽屉胡同，究竟哪一个是呢？不要紧的，只要去看一看，会认出来的。可是，去一趟起码要花半天时间。半天，对她来讲是多么宝贵啊！

甚至，当她第一次回英国探亲的时候，也没有忘记自己的工作。她在伦敦的一家工厂临时工作了六个星期。亲友们不理解她的行动，以为她这样做是为了英镑。她无法向他们解释自己的目的：不熟悉英国当代工人的语言，她怎能更好地把中国文学作品介绍给当代的英国读者？

戴乃迭以勤奋的工作态度和丰硕的工作成绩，赢得了众口一词的好评。

"五十年代最好了！"戴乃迭笑道，"那时，大家都很乐观，都有使不完的劲。真是非常愉快的日子啊！"

可惜，这样美好的生活没有能持续下去。在"文化大革命"中，戴乃迭和杨宪益都被捕入狱。似乎是命中注定，连坐牢，他们也是双双而去。

"外宾待遇"

"那是一九六八年，'五一'节的前一天晚上，"杨宪益微微眯缝着眼睛说，"我和乃迭两个人，隔着一盆花，就这么对面坐着。那个时候，已经没有什么人来做客，家里的人也要划清界限，彼此连话都没有了。我们俩打开一瓶酒，喝了很多，几乎喝了一瓶。十点多钟，她累了，就先去睡觉了。我一个人还坐在这儿，又端起酒杯喝。

"十一点的样子，有人敲门。我开了门，门外站着一个人，让我跟他们走一趟。我就穿着拖鞋，跟着他们走了出去，连外衣也没穿。我以为又是像以往一样，不知要问我点什么事，一会儿就会回来的。我跟着他们走过院子，到了办公楼的一间屋子。推门一看，台灯下坐了一大屋子人。'你的姓名？''杨宪益。''籍贯？''安徽。''我们奉军管会的命令，将你逮捕。''……''你签字！'我没有一点反抗，也没说一句话，就趴在桌上签了字。几个彪形大汉过来，给我戴上了手铐，押上吉普车，就到了监狱。

"那天晚上，牢房里人满了，二十多人挤在一个炕上。他们给我腾出了二尺宽的地方，我把身子硬塞了进去，倒头就呼呼大睡起来。旁边的犯人议论，说这老头肯定是喝醉了耍酒疯给抓进来的。"

说到这里，杨宪益不禁微微一笑。他为什么被逮捕呢？同狱的人不知道，他自己也不知道。

"我被关了四年。很遗憾，我住的是普通牢房。我可没有享受乃迭那种'外宾待遇'。她住的是单间。"

"我住的是单人牢房，我比他高级！"戴乃迭也微微一笑说，"就是宪益被抓的那天晚上，我已经睡着了，大概是十二点多钟，有人撞进屋子，把我叫醒了。我看见几个穿新制服的女警察站在我面前。她们的脸我记不清了，只记得她们的眼睛像蛇。她们让我穿好衣服，把我带到这间屋子。这里还有几个男警察。我问他们：'为什么逮捕我？''你自己知道！'然后，他们就像演戏一样，问我：'你叫什么名字？''格乃黛丝·杨。中文名字戴乃迭。''你要不要和你丈夫说话？''不要。'我想，和他说也没有什么用。'你要不要和孩子说话？''不要。''你要带什么东西，我们给你拿。'他们帮我拿了换洗衣服、脸盆，还问我要什么。我说带几包烟，他们拒绝了。我当时还想，没有烟抽怎么行啊！谁知道，到了那里根本就不想抽烟了。我发现，要戒烟，最好是逮捕起来。"

戴乃迭笑了起来，接着又说："我不知道为什么抓我。我一直以为他们搞错了，这肯定是个误会，过几天就会放我出来的。我一点也没有大吵大闹，一点也没有反抗。如果一开始我就知道要关我四年，那我肯定受不了。"

"她这人不懂得厉害。"杨宪益说，"一九六六年，她翻译了林彪委托江青搞的那个《纪要》。翻完了，她竟敢夹了个条子，提意见。"

"我就是那样认为的。"戴乃迭说，"我是写了个条子。我认为：这个《纪要》不符合马克思主义的观点。你们要挖自己祖先的祖坟，你们挖去。你们不能挖外国人祖先的坟墓。我得罪了他们。

"我坐牢，还占了一点便宜。因为我在英国住了十年管得很严的寄宿学校。所以，我还坐得过去。开始，看守牢房的人对我很凶，后来态度就慢慢好了。大概觉得我这个犯人很老实，一点也不调皮捣乱。头半年伙食不大好，后来改善了。他们还征求我的意见，问我爱吃什么，爱不爱吃土豆？我说在我们国家，土豆是主食。结果，他们天天给我土豆做的菜，直到我提出受不了啦，他们才给我换了菜。一九七二年，我被放了出来。"

"我比她早出来一个星期。"杨宪益说，"看来，主要是让我先回来打扫一下房间。你们不知道，我回来的时候，这屋子是什么情景！三间房被人占用了两间，东西都堆在这一间屋里，直堆到天花板。屋子封闭了几年，耗子在沙发上做了窝。我第一个步骤是先把两窝小耗子弄出去。第二个步骤是找了两个年轻人来帮我搬东西，直打扫了一个星期。然后，乃迭回来了。"

"啊，我回来一看！"戴乃迭笑道，"写字台上摆着鲜花、白兰地、巧克力、点心、好烟，简直像是迎接贵宾呢！"

铁窗四年，他们说来如此平静，没有怨言，没有愤恨，甚至时时露出微笑。这是一种英国式的幽默，还是一种中国式的含蓄？

不过，我听《中国文学》编辑部的同志说，戴乃迭被放出来的时候，"几乎不会讲话了"。

今年一月十九日，戴乃迭已经过了六十四岁的生日，她真是一个白发苍苍的老太太了。工作需要她，她的暮年仍在紧张的工作中度着。她上午去机关办公，下午在家里工作。

几十年来，打字机哒哒哒地响着，他们的译著目录一年一年地增多。《老残游记》《陶渊明诗选》《关汉卿杂剧》《唐代小说》《魏晋六朝小说选》及《史记》（人物传记部分）、一百二十回本《红楼梦》……这是多么壮观的成就啊！可以毫不夸大地说，他们的译作，不下一千万字。

我是写小说的，从未写过报告文学。我不敢有任何虚构，严格按照事实写下了这个传奇式的爱情故事，但这绝不仅仅是爱情。

劝　酒

　　劝酒之风，古已有之，不知算不算得中国文化深层结构中之一层。反正每逢喝酒，必有人劝，也就必有人被劝。劝人者都有量，被劝者则未必。甭管您有量没量，都得经受这严峻的考验。不然，您别来!

　　佳肴齐备，主人或主持人举杯：

　　"薄酒一杯，不成敬意，干!"

　　薄酒不薄，起码介于六十五度至四十五度之间。席间量大的如饮甘露，慨然从命，得其所哉；量小的如喝敌敌畏，心惊胆战，苦不堪言。然而主人精诚之极，盛情之极，不干，您来干吗？能不能喝是酒量问题，干不干则是态度问题，您自个儿瞧着办。别思想斗争了，干!

　　酒过三巡，必有仁者恭谦地起立：

　　"借花献佛，敬诸位一杯，干!"

　　主人故意借花，先干理所当然。在座熟与不熟的好意思不干吗？人家跟你头回见面称你为佛，献你以花，别不识抬举，干吧!

"不行，不行，我实在不行！"

告饶之声不绝于耳。

"先干为敬！"献花者更有绝招，先你来个底儿朝天，就看您赏脸不赏脸啦！

讨价还价没用，别磨蹭，干了！

真人不露相，待众人微醺，人家才出台：

"三杯为敬！"

一溜三个酒杯斟满，规矩是一气连干，方为敬意。局势在发展，非人力所能控制。酒场如战场，没有豁出去视死如归的精神您最好别往里掺和。

于是乎，酒盖脸，举座昏昏然。谁也分不清那是红烧鱼块，还是石头子儿；谁也分不清那是生人，还是自己的小舅子。酒倒是把一桌子人团结在一起，只是天旋地转，没人分得清谁是我们的敌人，谁是我们的朋友了。

"五杯为满！"强中自有强中手，藏龙卧虎，席间不乏能人。

一串儿五个酒杯斟满，干下去才是好汉。打擂台了。

一桌子人的音量都提高了八度，几十岁的人都成了顽童，美酒成了玩具或魔术、杂技、武打……有往手绢里吐的，有往鼻子里灌的，有往人身上泼的。一时间，醉眼相对，大哭大笑，残兵败将，真情毕露，倒也醉态可掬，只是何苦来？

这才尽兴。

花间一壶酒，

独酌无相亲。

举杯邀明月,

对影成三人。

每读这诗句,总替李白的孤凄难受。然每逢盛宴,被劝酒劝到无处躲藏时,则非常渴望来点李白式的独酌,哪怕不在月下,只要能安安静静地饮上一杯。

饮酒若能宽松些,别那么死乞白赖地劝,该是多么自由!

一九八八年元月被劝酒而伤酒,昏然中写下

别了，手稿！

这次《人到老年》成册时，上海文艺出版社来电要我的手稿，可让我出了一身汗，因为我没有手稿。

自从这台电脑进了我的书房，两年来，我与它为伍，朝夕相伴，苦乐共享。我在它的键盘上敲来敲去，直到摸清了它的习性，建立了感情，又拿它写了小说之后，简直可以说是"罢"了笔。

仿佛很久很久没有用笔写字了。现在忽然要手稿！手稿者，用手拿笔写出来的字是之谓也。天天玩电脑，一想起拿笔，那笔似有千斤的重。然而，出书的惯例不能更改，你必须寄一页手稿去。于是，我找出被冷落了两年的钢笔，灌上只剩下小半瓶的墨水，找出了最小的稿纸，趴在高度不适宜写字的搁电脑的桌子上写了起来。一张没写完，就被我自己枪毙了。字太难看，竖不像竖，横不像横，一个个字都像没吃饱饭，一点劲儿也没有。白天没写成，晚上再来。我很喜欢晚上干活儿，没有任何干扰，可以用心来写。我很爱面子，怕印出来的字让人不齿。谁知我努力写来写去，稿纸撕了好几张，结果还是不满意。又拖了几天，直到出版社又来电催，才矮子里面拔将军，勉强选了一张寄去，终究还是不满意的。

文人不会写字了，呜呼，哀哉！

"一切过去了的都会变成亲切的怀念。"普希金这句诗真是至理名言。想当年，在我那张已被淘汰的紫黑色的大写字台上，铺开一尘不染的稿纸，泡上一杯茶，燃上一支烟，左手举烟，右手执笔，春蚕甩子似的在小小的格子里播下一个个的黑字儿，是何等的兴奋！尤其是子夜时分，万籁俱寂，在烟雾飘绕之下，只有笔落在纸上的沙沙声，伴随着我书中的人物或悲或喜或爱或恨，真让人心旷神怡。

尽管用手写字是很苦的，尤其是我们写小说的人，动不动一写就是几万、十几万字，还不包括你一稿、二稿、再稿，直至最后抄写清楚交稿，常常是累得腰酸背疼，颈椎骨质增生。因而我的同行常说，干我们这行，除了脑力还须体力。这话一点不夸大。

常言道：有利必有弊。人生在世，总是鲜花伴着泪水。不可能天天让你以泪洗面，也不可能好事都让你一人占着。电脑打小说，虽说使人失去了很多昔日创作的韵味与情调，尤其剥夺了我写作时抽烟的那一点享受；但凭良心说，它确实减轻了手写的劳动负担——一只手的劳动分散到两只手的十指上。特别是在你熟悉了它之后，它变得那么轻盈听话，真是指到哪儿打到哪儿。不管你才思多么笨拙，修改得多么不堪，卷面上却总是那么干净，让你瞧着那么赏心悦目。当你终于完成了一篇，你只需塞进去一张纸，按一下"打印"的指令，自然它就会一丝不苟地代替你劳动。每到这时，我就去玩游戏机，心里想，哈，到底熬到"有人"替我抄稿子了。

我曾把《人到中年》的手稿捐献给现代文学馆。今天，《人到老年》问世，我却没有手稿可以捐献，也许永远也不会再有手稿了。

别了，我的手稿！

更多的意思

——看冯骥才的画

冯骥才的画，美术界怎么评论，我不得而知。

昨天看了他的画展，颇多感慨。

应该说，我认识冯骥才还是比较早的，那还是他窝在人民文学出版社写《义和拳》的时候，没有现在这么红火，比较惨。只听编辑部的朋友说那个大冯身高一米九，以前是打篮球的。后来见到了本人，果然高人一头。因为高，且壮，就显得不是那么灵活，我不知他的过去，从没把他这样的形体与绘画联在一起，那是个细活儿。

和他说起画这个话题，还是一九八九年下半年。那时大家都在反思，恍恍惚惚的，一个字也不想写。我忽然想起自己曾在六十年代学过两天画，于是去买了一瓶墨汁，聊以搪塞光阴。大冯说他也在画，而且在电话中出了一个题目："咱们都只画一条线，看谁表现的意思多。"我答应了，也构思了一阵子，但终未成画。

从他告诉我"在画"不久之后，他又告诉我他准备出画册了。不久，就听说他要开画展了。

后来我才知道，人家原来是科班学过画的，跟咱们完全不是一个档次，没法儿比。于是就不比了，还是安心写我的小说。

不料，人家把画展开到北京来了！

收到精美的请柬，又接到热情相邀的电话，我挺积极的，一大早就坐无轨电车到了中国美术馆。大冯和他的夫人双双在门口迎接来宾，一脸的笑，令人羡慕。

到底他画得怎么样呢？

也许就是仗着写小说的名气，人家美术界睁只眼闭只眼让你一把？

别的不说，先看画？

两个展厅，百余幅画，认真地一一看来，冯骥才的画确有特色。这特色，当然包括技法上的——例如，把西洋油画融入中国山水画中、把工笔画引入大写意中，达到一种抽象与具象的统一、写实与写意的交融；但其最大的特色，我以为还是他说的"表现的意思多"。

他的画，不只有观赏性，让你细细品味，得到美的享受；而且能拉住你站在画前，听一个无声的故事：讲童年，讲未来，讲梦，讲人生的坎坷，讲生活的哲理……他提供给你的，是比画面上更多的意思。

难怪冯骥才说："绘画是用笔墨写作，画中一点一线，一块色彩，一片水墨都是语言。"难怪他说：他更喜欢把散文融入绘画，使他的画"成为一种可叙述的画"。

面前的这一幅画，远远望去，灰色的调子，杂乱的树木，没有一点空隙的满满的画面，似乎并没有特别之处。然而那中间一团明亮的空间却吸引了我。这小小的空间，被炫目的银色的晨光照射着，让人长嘘出一口气，仿佛看到了光明。

再看那标题：《照透生命》！

我久久地站在这幅画前，佩服作者的构思和表现力。虽然，我们不相信上帝造人之说，但，那照透生命的阳光却是人类不可缺少的。只是，有时我们的生活不被照亮。我喜欢这幅画，在于它给予人的那种透亮的希望。

又是一幅扣人心弦的画：整幅画面上大浪冲天，波涛滚滚，天色渐暗，迷迷茫茫，没有尽头，只有一条小小的船儿在浪里挣扎。它显得那么孤单，那么弱小，那么无助，眼看就要被大浪吞没；然而它又是那般从容坚定，执着地拼搏着。

这幅画题名《寻找彼岸》。

彼岸在何方？人生多凶险，谁不是生活在对彼岸的苦苦追寻之中呢？

这里的一幅画，题名《脱》。夜色深沉。画面上一座断桥，几根朽木，远处依稀一只小船在漂游，不知落向何处。画家题曰："辛未初冬独在屋中听音乐，心中忽生一座木桥栏杆，老朽锁亦断，孤舟远去，随风飘摇，甚动我心也。此景似曾见却不知何时何地，或许梦境中，故展纸图之。"哦，这是一个梦，又岂止是梦？

这就是冯骥才的画。

从今后，对冯骥才当刮目相看，他手里有两支笔。

一九九二年十二月

兴趣种种

其实，所谓兴趣，有的是真有兴趣，有的却未必，或者曾经颇有点兴趣，后来甚至只是为生计所迫，就变得毫无兴趣可言了。

拿做衣服来说吧，年轻的时候我确实是有过一点兴趣的。那是五十年代末，穿花衣服的人不多，而自己突然很想有一件花旗袍。当即去商店买了一块布，虽然从来没有学过裁剪，拿起剪刀就敢下剪子，那勇气着实够可以的，那兴趣自不待言。

那一件大红花的旗袍，使我在宿舍的大院里风光了一夏天。至今，当年大院里的小孩，早都成了新闻单位的人物或商界经理什么的，见了我有时还说，"小谌阿姨，你那件大花旗袍真漂亮"。也许，正因为那是个清一色的时代，一点红花才给孩子们留下那样长久的印象。其中一个女孩现在办一个服装杂志，还特地跑来约稿，就因为那一件手缝的大红花短袖旗袍。

后来的做衣服，可就不是那么回事了。

有了孩子，钱就少了，过日子必须精打细算。要想吃得好些，穿就不能那么讲究。鱼与熊掌不能兼得，此之谓也。而我总觉得身体是"革命的本钱",吃的方面不能太委屈了全家人,只能在穿的方面下功夫。买布自然是比买成衣便宜得多,于是买了一台缝纫机,开始自己做衣服。从自己的衣服到小孩的衣服,从单衣到棉衣,从西服裤子翻新到使旧布改沙发罩,我都曾做过。这其间,当然也有乐趣,那多半是省了几个钱的乐趣,很世俗的,不足道。至于秋天去了,冬天来了,幼儿园催着给孩子送棉袄棉裤,不得不挑灯夜战,那多半是国计民生的需要,离兴趣之说就更远了。

近几年基本上自己不做衣服了,那当然是由于经济条件好了,孩子也都大了,自己挣的钱可以买衣服乃至时装,不必由我多管闲事了。不过,偶尔也做过一件半件的,那虽不是出于经济原因,也很难说是兴致所至。

记得一九八七年夏天出访新加坡时,买了一块素花的双绉衣料,拿到裁缝店去做,被告知需一个月时间。那时我不知忙着赶哪篇稿子,直到上飞机的前三天才开始张罗"出国服装"。我记得顺义县的书记还帮了我一个大忙,带我到他们县的一家厂子里"突击"购买了两件衬衣。回到家里我看着那块双绉不甘心,还是自己动手做了一件改良式旗袍。在新加坡穿着它出入酒会宴会,自我感觉良好之中掺杂着得胜的傲气:怎么着,自己动手丰衣足食!

再有就是碰到买不着合意的衣服时,时不时地也还萌生要自己动手的念头。去年买了一块驼色大方格子呢料,想自己做一件在家可以披着打电脑的实用披肩。结果是料子放了一年,至今安然睡在箱底。

由此可见,兴趣之说,也得具体分析。与生俱来的兴趣恐怕是没有的。兴趣倒常常是无奈的孪生姐妹。可是，当兴趣被纳入了"生活所迫"的轨道时，再浓烈的兴趣也会索然无味。

拿做菜来说吧。我自己对于"吃好的"并没有太大的兴趣。可是，有时候做几个叫得出名的菜请请朋友，再听听朋友们真的假的夸赞，心里总是乐的。

文学界的朋友不少人曾光临过寒舍的餐桌。至今他们说的好话我还牢记在心中。荒煤同志是美食家，居然说我做的鸭子比烤鸭好吃。后来冰心老人知道了也想尝尝，我还特地到她府上一显身手，哄得上了她老人家的散文篇里。老前辈夏衍也是听到传言说我会做菜，在有一年的春节亲临我家考察。王蒙伉俪主动提出要与我家联手建立"烹调协会"，此项目酝酿已三年有余，至今尚未签署正式文件。叶蔚林到了灯红酒绿的海南，来北京时总说在我家才能吃一顿饱饭。旧金山的女作家陈若曦常对人夸奖，说她在美国家中请中国作家代表团吃饭，被谌容喧宾夺主地把她赶出了厨房。在丹麦一汉学家请我吃饭时，是主人坐立不安地待在烛光下，等着我一个一个的菜端上桌，私心以为别的比不过人家北欧人，论吃绝对压他们一头。对我的烹调手艺给予最高评价的是张洁。她说：谌容的菜比小说好。那是在将近十年前的一个春节，几乎北京作协的作家都到了我家，团团坐着，信口开河，谁也无求于谁、谁也不惦着整谁。那是个快乐的时光。吃饭就是吃饭，喝酒就是喝酒，大家才能说话口没遮拦。

这样说来，我对于烹调是很有兴趣，天天钻在厨房里精益求精，孔夫子似的食不厌精啰？天知道，完全不是那么回事。我平日是能不下厨房就不下厨房，非下厨房不可时也是以最快速度完成任务随即逃离现场。有一段时间，每天中午都是把头天的剩菜剩饭搁笼屉里蒸一蒸，就算一餐。再不然，开水泡饭，剥个松花，磕个咸鸭蛋，咸菜酱豆腐，也能糊弄过去。一日三餐，一年三百六十五日，我非专业厨师，单凭兴趣顶不住。

所以，应该说我做菜的兴趣像"玩儿票"，偶尔露一手而已。我只喜欢做比较复杂的、少见的、有特点的、叫得出名字的菜；不喜欢做千篇一律的、没名儿没姓儿的、不能显示自己才能的菜。

呜呼，兴趣！有耶？无耶？

或许，穿衣吃饭这方面的兴趣，容易同温饱问题、民生问题扯在一起，难免"异化"，搞得你不好界定。那么，有没有一种超越于物质之外的、纯粹是满足精神上追求的兴趣呢？

好像是有的。

最近北京电视台的朋友到我家录像，看到我自己设计制作的灯罩之类的，就把镜头对准了过去。新华社的摄影记者杨飞看了，也大大赞扬了一番，拍下照来。一时间搞得我以为自己对室内装潢也是很有兴趣，甚至有很高的造诣被埋没了。

说来也是运气，那灯罩的产生，真是歪打正着。

开始我也想省事去买一个的。为此，我曾去过几家有名的大商店。那里陈列的灯罩虽是五花八门，亮晶晶的，可总让你觉得似曾相识，好像在哪个宾馆或是哪家饭铺里见过。如果把这样的灯高高吊挂在家里，则富丽堂皇有余而家庭氛围不足。当然，以我目前的稿酬买这样一个灯罩总还不至于一个月吃不上荤腥。但，花钱总想买个心里痛快。如果花了钱一抬头就别扭，何必找这个不自在。于是忽发奇想，去买了几个竹编的盘子，或扎了眼儿连成串，或拼凑成蚌壳形，做了两个灯罩。甭管好不好吧，反正跟高级时装似的，全世界就这一套！

再有，就是门厅里的衣钩板，也是我的"作品"。我们家的房子其实没有"厅"，只在进门处有那么一小块地方。搁个大衣架吧，空间就没有了；钉个挂衣钩吧，又太寒酸。没有办法，找了两块三合板，请工人锯成齿形，用画广告的颜料涂成彩色，涂上一层清漆，再高高低低随意钉上几个挂钩，安在进门的角落里，俨然成了我家的一个"景点"。

诸如此类的，或许，也算兴趣。不过，如果要我说实话，那么，假如能买到称心如意的成品，我也不愿意花费这些时间，当然也就不可能突发出这种兴趣。

我真正的兴趣是绘画。可惜，学了几天，画了一阵，总因为各种各样的原因，当然主要是因为写小说，而不得不放在了一边。也许，当我不再写小说时，我还是要回到这兴趣中去的。

大头菜夹锅盔

今年应邀回四川看龙舟赛，四川文艺出版社的乡亲们问我还想看些什么，我没头没脑地问：

"成都大头菜夹锅盔还有吗？"

"有，有哇！"他们都笑。

大头菜夹锅盔，译成普通话是大头菜夹烧饼。它是一种遍及四川城乡的大众食品，简单极了，便宜极了。一个小烧饼，比北京烤鸭店的烧饼略大一点点，比北京小吃店的烧饼略小一点点，外边没有芝麻，里边没有油盐，白白的不黄也不脆，外不焦里不嫩，没有半点珍贵奇特之处。然而，当你掰开薄薄的小白饼，夹上浇了红油的大头菜丝丝，那味道就奇妙极了。

虽是一别数十年，儿时去巷口买大头菜夹锅盔的情景却总不时浮现在眼前：一个瘦弱的老人，站在一个粗制的木箱旁，面前是整齐排列着的锅盔。你只给他几分镍币，他立即拿起一个剖好的锅盔，夹一筷子大头菜塞进去。递过来，你接到手上那红红的辣椒油就直滴到你手指缝里。你必须半仰着头，赶紧把它往嘴里塞。

锅盔是软的，大头菜是脆的，味道是超级的辣，辣得你眼泪汪汪的，吃完了还想吃。

文人墨客思乡佳作，多留情于山水。不知为什么，我一想起四川，老是想起那些风味小吃，赖汤圆、红油抄手、蒸蒸糕，还有炒米糖开水的叫卖声。也许离家时太年少，视线不及青山绿水。也许毕竟是俗人，离不了一个"吃"字。也许，那就是现今时兴其实古已有之的说法：饮食也是一种文化。它构成了每一个地区一种特定的氛围，哺育你成长，铭刻在你心头，使你终生难以忘却。

"穷人商店"思考

冬天来了,想去买双稍能抵御严寒的线袜子。

到北京城里有名的商业街转了一圈儿,不料,跑遍那些耀眼的大商场、装修后的百货公司、花哨的小铺子,竟寻不到想象中的一双极普通的不带任何装饰物的白线袜子。不得已,最后买了一双,倒也是线袜,倒也是纯白,只是在脚脖处有那么一朵叫不上名字的小红花。五分钱镍币大小的花朵被一个酱紫色的菱形的三角框着,既非名牌标志显阔,亦非赏心悦目显美,穿上一抬脚,总有两朵小花随之飞舞,舞台上的潘金莲儿似的,有点不伦不类,特别是上了点年纪的人。

原来,如今市场上的袜子,除了供各路小姐们选购的高档或不那么高档的丝袜之外,这种线袜大约应是最便宜的大路货了。不过,说这些带花儿的袜子是大路货,厂家和卖家都未必高兴。因为,他们如今的路数,是让所有的袜子都朝着"花花公子"的方向发展。不管你七十岁也好,八十岁也好,都让您脚脖子两边带上点儿什么,想不带,门儿都没有。

有本事你光脚丫儿!

是啊,过了八月节谁有这个本事?要搁贾宝玉他们家那会儿,还有花袭人源源不断地缝制出来。清朝那会儿不说,就算是到了抗日战争时期,那战士脚上的布袜子还有无数姑娘小媳妇月光下给做就了送去。也怪如今晚儿的人一代更比一代懒,谁家还勤快到自己做袜子!一家子老老小小的,可不都得买去!

要买就这个!

近日看电视、报纸上的广告,似乎总有一句类似的话,叫作:"×××伴你一生!"不管人家愿意不愿意就伴人家一生,不是活要人命吗!诸如花花袜子之流……

有人乐意让花袜子陪伴一生,有人兴许就不乐意。如果商家厂家承认众多消费者各人具有不同的审美需求的话,为什么就不能为各色各样的消费者想想呢?

啊,也许是因为袜子太简单了利润就小了?

北京的消费者我敢说并不都是大款大腕儿,并不都是期望穿"花花公子"袜子的主儿。相反,绝大部分是靠工资维持着过一个月算一个月的广大人民群众。当然,这年头提人民群众什么的颇不识相,咱们就不提那爱怎么着怎么着的人民群众。咱们提经营观点,提市场走向,提薄利多销,提商品流通,总可以吧?

试看,胡同口上有个卖水果的大店,时不时把已经烂了或快烂了的桃子什么的在门前设摊削价大甩卖,而且多在下班时间。这时,就有许多骑自行车的人停下来,马路对面走着的人也横穿了过来,顷刻就自动排起了长队。这些人干吗不去买鲜活的好桃儿，偏排队买这半烂半不烂的？有病呀？

没病。两块钱三斤！

因而，也证明，进出商店的还是穷人多。而穷人又不能不穿不吃，桃子想吃，袜子也要买，只是要寻那合适的价钱，找消费得起的消费一下子！

也因而，北京除了雨后春笋般冒出的各色精品商店、豪华购物中心，不知有没有独具慧眼的商家开他个真正的"穷人商店"；或者，为了不那么刺耳，就叫"老百姓商店"。哪怕跟旧社会的天桥似的，专营老百姓日常所需而又特便宜的东西，例如铁皮下脚料做外壳的暖水瓶，例如寻常人家需要的便宜白布，例如没有花的袜子，例如大众化的棉絮，例如一切居家常用之物……

从电视上的宣传看，咱们京城如今也有了所谓的"平价商场"。只不过，那只是同高级商场的高价相比，因而也是徒有虚名，一般平头百姓也是只能望门兴叹。

曾有机会去国外逛的时候，也侦察了一下资本主义国家的商业机密。虽然在那繁华的大街之上，豪华商店如林，各种物品价码高得令普通人眼晕。然而，在那些小巷内，广场上，却有许多小小的或大片的一个街区一个街区的卖便宜货的地方。虽然，资本主义国家的人受资产阶级思想影响，有钱有地位的人不去那些便宜商店购货，怕失了他们有钱人的面子。然而，毕竟还有那么三分之一的受苦人生活在水深火热之中，因此那些便宜商店里还是顾客如云，人来人往的天天像过节。

咱们现在不还是归类于发展中的国家吗？有钱人加上傍着有

钱人的人顶多也就是星星之火，况且也大都是穷人乍富，尚未养成那么多有钱人的习性。更何况做生意的人以赚钱为目的。你搞点大众化的赚钱不也一样赚吗，干吗非得一窝蜂地去搞高档！听传言如今北京有的高档购物的去处也是看的人多，买的人少，混了半天，也就混了个表面的红火。

且不说咱们的国营商店，为谁服务不服务什么的，单说赚钱吧，又不是老百姓的钱死攒着不让你们赚，而是你们在赚钱的同时可不可以也稍稍考虑到一点点老百姓的实际情况，别老想一口吃个大胖子，分几口吃也是一样地吃嘛！

简单一句话：大狗活，小狗也要活嘛！各路来北京的富翁要活，北京老百姓也要活，在物价飞涨的同时，商业网点能不能费点劲分出上、中、下三档来，以利小民。

我敢说，这绝不影响商家们发财！

从王朔的"过把瘾就死"说起

聪明的王朔时不时地编纂出一些奇巧的话儿，钉子砸在墙上似的砸在大伙儿的心目中、口头上，广为流传。对于他的这本事，别人不知怎么样，我却常常是叹服的，捎带着也很羡慕甚至妒忌。那是很平常的话嘛，怎么偏偏被他写了去！例如，他说的那句："过把瘾就死。"

这句话白得很，猛听起来语不惊人，有什么呀，不就是过瘾吗，人们挂在嘴边儿的话。可仔细一琢磨，他的这句话就不那么简单了。不但不简单，而且很有深意。他不是简单地说过瘾，而是说过"把"瘾。过把瘾和过瘾的意思也还算差不多，尚不足为奇。奇就奇在"过把瘾"仨字儿后头跟着俩字儿：就死！这就不同于一般的鼓惑人心了。

"过把瘾就死！"不但怂恿你去干你想干的带点冒险性质的事，而且怂恿你干到底，而且告诉你哪怕干完之后立刻上西天也值。这是怎样的一种煽动和不怀好意啊！

然而，这话对于我们这些遵从传统学说的人，对于我们这些从五十年代过来的胆子不大的人，对于我们这些遇事瞻前顾后不敢越雷池一步的人而言，却应该说是颇具有积极意义的一种鼓动和倡导，甚至可以说是击中了要害的一服良药。因而，我很喜欢这句话。

只可惜，人到黄昏，过了知天命的年龄，经过了，见过了，险也冒过一些了，剩下的死角也不多了，成心想找一个什么事"过把瘾"，甚至满怀着"过把瘾就死"的浪漫情怀去搜寻，都是踏破铁鞋无觅处的。关键是没那心气儿，没那么些个梦了。

谁知世上的事就是那么怪。你想吧，死活不见影儿，你不想吧，自个儿偏偏就来了，不用你费一点劲儿。

正赶上儿子女儿电视剧写得热火朝天，大伙儿说好，自个儿一旁看着眼热，也想写他一个。刚有这念头，就遭到来自他们的关怀："您是搞纯文学的，弄这通俗的跌份儿！""您的强项是小说，可不是电视剧！""您最好写老年题材，写青年题材不合适！"甭管是反话正说，还是正话反说吧，他们的中心意思很明白：您别写这个。

偏写！

就算我被认为是做纯文学的，难道我就不能做一回通俗文学？就算我的强项是小说，未必电视剧就一定是我的弱项。就算我年过花甲，不信我就写不了你们年轻人心里那点儿猫儿腻。

我偏写。就算我这回写的电视剧本砸了，我认了。尽管我于这件事的意志非常坚定，而且怀着不服输去冒险的兴奋，一时却找不到一句贴切的话来表示决心……忽然，想起了那句用在这时非常解气的话："过把瘾就死！"当然，写个电视剧，离死且远着呢，即便写得差劲，也不过是没人看，没人敢把你往死里逼。

应该说，我家的孩子对妈妈还是相当尊重与迁就的。说是说，干是干，当我真开始写的时候，他们也帮着出主意，帮着找钱。结果，九月底我的十集电视剧《懒得结婚》脱稿，十月就资金到位同期录音开拍。十一月中旬停机，今天已全部剪好，眼看片子就开花结果了。看到这还未配上音乐的未完成片，我忽然觉得很过瘾。当你的想法、你的人物、你设计的场面不仅仅是黑色的铅字卧在纸上，而且活生生地直立在屏幕上时，你常常会觉得惊奇，啊，那人物就是出自我的笔下吗？

其实，写小说之前我特喜欢话剧，曾梦想我的人物出现在舞台上。可惜由于种种原因未能如愿。而今，他们上了电视，比舞台更硕大的天地，这对于作者，是一大满足，是了了一个心愿。

当然，就我这么一个电视剧的初学写作者来说，无疑剧本是存在问题的。比如说情节不是那么离奇，也可能就不那么引人入胜，再比如说不会制造要死要活的场面，以至于不能令观众屏住呼吸，一洒同情之泪。平心而论，这电视剧多少还带着脱不去的做小说的路数。

不管怎么说，反正是过了一把瘾。不但过了瘾，而且没死，而且意犹未尽。就在我写这篇小文的时候，电脑里正存上了我的第二部电视剧的提纲。一九九六年到了，今年还准备写他二十集，这事太好玩儿了。

痛苦中的抉择

　　我从来没有想过要当一个作家。只是在一种不幸的、痛苦的遭际中，才开始了我的写作生涯。

　　我曾经是一个天真的女孩子，一个热爱生活的共青团员。我曾经站在柜台里卖过书，坐在编辑部里拆阅过读者来信。我曾经是新中国最早的一批调干大学生。我曾经在中央的大机关里当过音乐编辑，做过俄文翻译。美好的生活对我来说刚刚开始。

　　然而不幸，我晕倒在打字机旁，被人抬到救护车里。一次又一次，间隔越来越短，不能承担工作的担子了。于是，我被机关精简了。

　　对于这样的对待，我没有说一句多余的话，没有哀求，没有走后门。办完简单的调离手续，我从大机关来到中学校。

　　一次又一次，我仍然晕倒在讲台上。我成了到处不被欢迎的人。别人休病假，需要医生证明。我却相反，只有医生开出证明才能安排工作。可是，没有一个医生能够证明我不会再晕倒了。

　　于是，我开始了漫长的病榻生涯。

病，不只能残害一个人的身体，更能摧毁一个人的意志。不能工作了，对社会不能出力了，这是多么痛苦！对于一个病人，没有幸福可言。而在这时，来自外界的不是温暖，而是冷淡；不是安慰，而是非议，那又是多么可怕！在我还年轻的时候，就处在这样一种可怕的境况中。我体验过人世的冷漠，我体会过人生的孤独。那有形无形的冷酷曾把我压倒！

我挣扎着告诫自己：绝不能沉沦！绝不准颓废！想一点高兴的事吧，干一点高兴的事吧，去找寻一丝快乐，去求得一缕慰藉！然而，茫茫苍宇，浮浮尘世，到哪里去找那欢快的乐章？

生活，有时是这般的无情！

遗弃自己吗？不愿意。消沉下去吗？不甘心。奋争吗？以我病弱的躯体，以我浅薄的学识，以我对世事的无知，要奋争，也很难，我啊，我，我该怎么办？

清晨别人匆匆而去；傍晚别人忙忙归来。我却被遗忘在小小的屋子里，与病为友，以苦为伴。一小时一小时地挨过日子，看着日影西斜，看着时光在碌碌无为中流失，看着生命在一点一滴地消逝。我忘不了那"闲"的惨痛。这实在是一个人在人生舞台上最不堪的一幕！

那似乎是一种不治之症：死过去又活过来。死过去时一无所知，活过来时却又异常清醒。精神需要寄托，心灵渴望工作。不争气的身体，好强的心，斗争着，矛盾着。我总要做一点事情呀！

我集邮。四方形的、长方形的、三角形的，各种各样的邮票，曾给我那寂寞的日子带来多么微弱的乐趣啊！那一点票面上，绘制着山水、鸟兽、英雄、伟人，展示着异国的风土人情，反映着时代的风云变迁。然而，小小的集邮嗜好占据不了我整个的空间，填补不了心的空白。

我习画。少年时代，曾在一片纯真的爱好中去画过。而病中拜师学画，完全是为求得一种解脱。病态的动机只能得来病态的效果。宣纸上的游虾，水墨丹青中的情趣，何能减少半点心中的愁苦？

我看戏。话剧、京戏、昆曲、评弹、川戏，什么都看。《一仆二主》和《骆驼祥子》，《群英会》和《玉堂春》，《牡丹亭》和《双下山》，《梅与竹》和《蝶恋花》，《燕燕》和《审瓜》，多少悲欢离合，多么激动人心。可是，我只能两小时生活在剧情里，暂时忘却了自己，而走出剧场，等待着我的仍然是病魔。

我跳舞。在轻柔的乐声中，在暗淡的灯光下，在旋转的人流里，我奢望着心灵的休息，机体的复活。可是，舞会散了，我走上漆黑的街头，茫然想到明天，想到谁也不需要我的明天，心里更加黯然。

我操持家务。学做菜，学缝纫，学裁剪。烹调蒸煮、缝纫洗涤，都学会了。不过，这一切只是家庭的需要，并不是社会所需要的。我毕竟还是一个对社会没有用处的人！

当然，我也读书。感谢那时的空闲，我读了那么多书。外国的和中国的，古典的和现代的，吞噬得真不少。对书的贪恋，还是从儿时就有的癖好。但，细细的咀嚼和品味，却是在这时。这，大概也就无形中肥沃了我后来自己写书的土壤。

不记得自己以前写过什么东西。病中无事，记过日记，搞过翻译，也写过小说。好像是写大学生活的。写了两章，自己觉得索然无味，也就付之一炬了。不过，这试验倒给我那黑暗的日子带来一点亮光。病体不能坚持八小时上班，有一小时的健康还不能写点什么？

写什么呢？我不屑为自己的病痛呻吟。天地对我来说是这般的狭小，我不能坐在屋子里编造种种人间的故事。我觉得自己对社会生活缺乏足够的了解。对人，各种各样的人，知道得太少。我应该想办法到社会中去，到生活中去，进一次高尔基的大学。

感谢那些好心的朋友们，帮我找到了一个去处，让我在吕梁山下一个小小的村子里安身。

暂别了丈夫和儿子，远离了嘈杂的城市，挣脱了无声的轻蔑，逃出了无端的诽谤，我投身到大自然的怀抱中，第一次来到陌生的北方农村。

第一次和农民们朝夕相处。日出而作，日没而息。农民们是那样的纯朴，那样的真诚。他们不追寻我的苦痛，不盘查我的遭遇，不打听我的不幸。在这里，我得到了灵魂的憩息。大城市住久了，好像太阳、月亮都看不见。一到农村，才感到初升的太阳是那么瑰丽，夜空中的明月是那么皎洁。也才感到天地的广阔，生命的活力。乡间的小路是那么宁静，田野的空气是那么新鲜。一切都是蓬蓬勃勃的、强健的、有力的。

是纯朴的乡亲们医治了我心灵的创伤，把我的精神从绝境中拯救出来。是春种秋收，循环不已的田间作物，给了我生活的希望和追求。是大自然无限的生命力，给了我新的勇气和力量。个人的不幸比起大自然的永生算得什么呢？

生活的海洋是那样广阔，那样深邃，那样奥秘。时而风平浪静，时而波涛汹涌。我在这大海中遨游，接触到形形色色的人。从农民到社队干部，从看林人到地、县委书记。他们的欢欣和忧虑，他们的成功和失败，都倾泻到我的心田。我觉得自己充实起来，田间轻微的劳动也帮助我恢复着健康。一种新的力量在我血液中奔流，触发了那沉睡在我心的深处的创作灵感。于是，我开始写了……

就这样，我走上了文学创作的道路。这是一条给我以"生"的路。对我来说，这是从死到生的一个转折啊！

当我拿起笔来，我思考过的一切，我熟知的人和事，我感受到的喜怒与哀乐，统统涌流到笔尖。过去的一切，有用的和无用的，都变成了文学创作所需的养料。绘画帮我在作品里展现一幅幅清晰的画面，戏剧帮我在作品中组织一场场冲突。甚至于烹调蒸煮，也帮我在作品中丰富了细节。啊！文学是这样一种事业，它变无用为有用，它化腐朽为神奇。对于一个走上文学道路的人来说，不仅开卷有益，一切都有益！

然而，文学创作的道路又是异常的艰难。而在当时，我并不知道，这条路竟是这么坎坷、这么难行、这么劳累，这么需要我一步一滴血地往前迈。但，我并不后悔。这并非因为今天我当上了"作家"，而是因为我深深地爱上这个事业。我视文学为生命。如果把文学比作一座地狱，我也愿在这地狱里受熬煎。

编辑同志让我写：你怎么和文学创作打上交道的？这对我是一个伤痛的题目。我本不情愿写的。但为了我的读者，我写了。原谅我写了这沉重的过去。

一九八一年一月

编辑和我

这几年出了几本书，我都不曾写过序。总觉得该说的、想说的都在小说里说了，不该说的、不想说的也就无须说它了。这次，却想说一点。不过，也不是什么创作经验之类的话，而是关于我的编辑的——我对他们和她们始终怀着感激的心情。

学生时代，曾浏览过一些外国作家轶闻之类的小书，得知他们和出版商之间的关系是很冷酷的。俄国才子陀思妥耶夫斯基为债务所迫，限期卖文，那苦楚是不待言的。法国文豪巴尔扎克，为偿还九万法郎债务，昼夜伏案，至死也没有还清。英国女作家夏绿蒂·勃朗特在《简·爱》的序言中，也含蓄地"感谢"了出版商的"手腕和力量"。乃至近年，更知日本有些无名作家为了生计，不得不屈从于出版商之命，编造各种时髦的"通俗小说"。至于香港的作家，则更要靠"爬格子"活命的。

我们这一代作家，固然也有自己的不幸。主要是一个时期内政治思想的禁锢，不能不束缚着手中的笔。不过，有思想禁锢，就有思想解放。这禁锢和解放之间的波澜起伏，倒给我们铺陈小说增添了异彩。看这集子里的几个中篇，就可以相信中国作家的笔是解放的。这正是中国政治形势日益安定，中国大有希望的一个佐证。而在作者、编者和出版工作者相互之间的关系上，我们确实是幸运儿。中国文学的花坛根深在社会主义的土壤之中。作者、编者、出版工作者之间是一种同志式的合作关系，更不用说出版社和编辑部对于文学新人的帮助和扶植了。

我的两部长篇小说《万年青》和《光明与黑暗》，都是在人民文学出版社出版的。《万年青》出版的时候，"四人帮"还在台上。由于作者家庭出身不好，这本书几乎被扼杀在摇篮之中。它后来终于能问世，是作者同出版社的同志一起斗争的结果。没有出版社同志的支持，我是斗不过的。在这里，我要特别感谢人民文学出版社当时的负责人王致远同志、韦君宜同志和小说北组的各位同志。韦君宜同志是大家熟悉的老作家。王致远同志是诗人。他为了出别人的书自己少写了多少诗，是不会有人知道的。北组的一些同志为了替我争得写作的权利，不知跑了多少路，遭了多少冷眼。我常常想，他们支持我这个无名小卒，冒着风险出我的书为了什么呢？我和他们非亲非故。既无金钱贿赂，也无权势相加。那么，解释只有一个：他们是为着繁荣中国的文学事业。

如果说，我能够走上文学之路，是得助于人民文学出版社的支持；那么，还应该说，我能够在文学之路上走下去，又得助于《收获》编辑部的帮助。这几年，我写了五个中篇。除了《白雪》刊之于《十月》，其他都发表在《收获》上，现在都收在这个集子里了。不能不承认，我对《收获》是有些偏爱的。这原因，倒不在于《收获》的声望，那是自有公论的；也不在于《收获》的风格，那确实是我比较喜欢的；主要是在于《收获》编辑部的同志那种对于繁荣文学事业的热心肠，那种对于业余作者的支持，着实令人感动。现在有人说，《收获》只发名家的作品，这是不公道的。我在《收获》上发表第一个中篇小说《永远是春天》时，是一个走投无路的业余作者。

《永远是春天》发表于《收获》一九七九年第三期。那其实是一九七八年夏天就脱稿了的，却一直找不到发表的地方。究其原因，固然是由于当时还很少有大型文学刊物，没有发表中篇的阵地；但更重要的还是"两个凡是"的观点束缚着一些好心的同志。一来当时对"文化大革命"尚未有明确的结论，众说纷纭，而这篇小说偏又涉及"文化大革命"的全过程，难免犯忌；二来当时一些文学作品把老干部描写成同"四人帮"对着干的英雄，我这个小说里写的老干部却有他的缺点，有些不合潮流；三来当时爱情还是文学的"禁区"，我小说里却从头到尾贯穿了一个爱情的故事，而且如有的同志所说，还是写的"绝望的爱"，似乎也不妥。如此等等，这个中篇就被搁置了一年，直到《收获》复刊，才得同读者见面。

对我来说，陷身于长篇创作的消耗战之后，能以中篇小说在文学刊物上同读者见面，无疑是开拓了一条新路。这才有以后的一些中篇和短篇，以至于反而把长篇暂时放下了。中、短篇比之于长篇，更能及时地反映生活。这不仅因为中、短篇的构思和写作比长篇快得多；还因为我国的出版事业很落后，书的出版周期太长了，相形之下，文学刊物要快得多。如果说，我的文学生涯以发表中篇为转机的话，那么，这同《收获》对我的支持是分不开的。

几年来，在同《收获》编辑部许多同志的交往中，我们建立了很好的合作关系。不论是老一辈的吴强同志，还是新一辈的李小林同志，都给我很多鼓励和指导，使我得到教益。记得我写《人到中年》的时候，小林同志正在北京。草稿才写了几章，她就拿去看了。说实话，对那种颠颠倒倒、虚虚实实的写法，我是全无把握的，总怕读者不易接受。第二天，小林就跑来找我，连声说："读者完全可以接受。"这才坚定了我的信心，在中篇小说的结构方式上作一些突破。

作者和编者之间，最可贵的是彼此间的信任。这一点，在同《收获》打交道的时候，我的体会是很深的。我答应了编辑部，决不让他们失望，决不用自己都不满意的作品去搪塞。把稿子寄去了，我不必担心编辑出难题，让你这里删一点，那里加一点，或者把他们自己的句子强加给我。这是我一直很感谢《收获》编辑部的同志们的。他们埋头工作，默默无闻，但是每一期刊物，每一篇作品，都凝聚着他们的心血。

在文学创作这条令人羡慕又令人畏惧的道路上，我几经挫折，受过委屈，伤过心，也流过泪。然而，我却有幸遇到这么好的编辑，这么好的编辑部和出版社。我以为，这不是我个人的幸运，而是我们这一代作家的幸运。

这种新型的作者和编者、出版工作者之间的关系，不仅是任何外国作家所无法想象的，就是在国内也是有些同志根本不理解的。有的人以为可以用行政命令的办法来牢固作者和编辑部的关系，这大概是错了。行政命令的办法，在文学范畴里是不大行得通的，也是不需要的。作者和编者建立在共同事业基础上的友谊和合作关系，它的力量是比行政命令大千百倍的啊！

我愿把这本书，献给那些忠诚我国文学事业的、默默辛勤劳动着的编辑朋友们。这并不是同本书全无关系的话，我想是可以称为序的。

（本文是作者为四川人民出版社一九八二年出版的中篇小说集《赞歌》写的序言。）

小说三味

一九八四年夏天，北京的一个刊物要发几篇关于《杨月月与萨特之研究》和《错，错，错！》的评论文章，令我也作文谈创作的设想。我是北京的作者，不写于情面上不大好，便苦苦地写了一篇，里边说的却是怎么做菜。

那文章，是这样写的：

奇怪，有时我觉得作小说和做菜差不多。作小说是雅事，做菜也未必是俗事。尤其是我中华民族之烹调，那其实是一门高超的艺术。大概是因为好吃的缘故吧，我有时爱去琢磨做菜的奥妙。若有所悟，还非要亲自实践一番不可。其结果，有时是很不幸的。当然也有成功的时候。

虽然爱做菜，但对于烹调理论一窍不通。什么中国各大名菜及其特色等等，说不上来。不过，照我看来，管他什么系，凡称得上美味的，必有以下三种因素中之任何一种：

一是纯。比如原汁鸡汤。那一定是要原汤，不能掺半点假的。倘若是鸡炖好了，嫌汤少，又兑上一瓢水，那就淡而无味了。至于各种佐料，那也要小心投放，恰到好处。成都人喝鸡汤，甚至连盐都不搁，讲究喝淡汤，也是为了求其纯净。配料更不可喧宾夺主。记得有一年去亲戚家做客，宴席之上，最后端上一锅鸡汤，杂以圆白菜、细粉丝之类。主人解释说，因为鸡太肥，汤太油，因而用圆白菜、粉丝加以调剂。殊不知好端端的一锅鸡汤全被那圆白菜糟蹋了。当然，纯而又纯，未必都好。清蒸甲鱼，如果不配上一点火腿、冬笋、香菇去提味，恐怕就只剩下甲鱼的土腥味，那就难以入口了。相反，火腿、冬笋、香菇搁过量，弄得不伦不类，甲鱼的鲜味不能发挥，那还叫什么清蒸甲鱼？

二是兼而有之。如鱼香肉丝。明明是猪肉，偏要做出鱼的香味来，可谓一绝。发明鱼香肉丝的厨师，我以为是很善于打破常规的革新手，应该授予大奖。再如香菇油菜，也是取两者之长，合而为一的。香菇取其鲜美，油菜取其清脆，一暗一明，相辅相成。光炒一盘香菇，黑乎乎的一片，味道再鲜，也难吸引食客。素炒油菜，虽也算一个菜，总上不得台盘。必须两者中和在一起，方能相得益彰。

三是不纯，或曰杂。这在有些人看来，可能有点"大逆不道"。非鸡非鸭，似鸡似鸭，说不出是什么味儿，什么味儿都有，这能算是"美味"吗？其实，正因为不纯，正因为杂，它才美。"全家福""什锦火锅"不就是杂味吗？我们家乡的"毛肚火腿"更是一大"杂家"。鳝鱼、鸡片、鱼丸子、羊肚、牛肚、豆腐、豌豆苗、大白菜，一齐涮在锅里，真是"风马牛，不相及"。唯其如此，才是地道的"重庆火锅""毛肚开堂"。即便是居家过日子，把剩菜剩饭剩面条烩成一锅，也别有一番滋味。这便是不纯或杂的好处。

至于哪一种菜求纯，哪一种菜求兼，哪一种菜求杂，就看厨师的眼光了。该纯不纯，该兼未兼，该杂又不杂，那就是败作。这其中，琢磨一下，是很有乐趣的。

不过，做菜虽是乐事，也是苦事。

俗话说："吃饭别看厨房。"倘若哪个食客不满足于坐在席上品评，非要到厨房去参观不可，恐怕食欲就会大减。那厨房里宰鸡、剖鱼、择菜、剁馅，烟熏火燎，汗流浃背，狼狈不堪，乱成一团，有什么好看的？至于忙中失手，乱中有错，该搁精盐却把手伸进了糖缸，该倒酱油却拿起了醋瓶子，也是常有的。

我做菜请客，不喜欢客人串到厨房里探头探脑，热情关怀，问这问那。倒不是思想保守，怕别人偷了手艺去，实在觉得手艺很差，加之手忙脚乱，那情景真不必看，不需看，甚或是不忍看的。

编辑部让我写关于《杨月月与萨特之研究》和《错，错，错！》，不知怎么搞的，写出了这样一篇文字。

这篇文字的题目倒是煞有介事的，就叫《关于〈杨月月与萨特之研究〉和〈错，错，错！〉》。

秋天，我到了美国，参加爱荷华的"国际写作中心"活动，遇到的都是作家、评论家和记者，少不得又要谈创作，也说了些话。不料，《华侨日报》的夏云女士以《与谌容聊天》为题，写了洋洋万余言的文章刊之于报端。里边有一个插题是《她的风格》，文内引我的话说：

我在写作时力求做到"不雷同"……我最喜欢鲁迅的作品，但我写作时却不想去模仿他。刚开始写作没什么经验，就光用白描手法。后来觉得光靠白描不行。在《人到中年》里，我已用了些别的手法。……写作时也会把戏剧、电影上的表现手法借来用。日本的推理小说，我也爱看，也吸取其中的技巧。也许我在写作上胆子比较大，敢冒险。写《真真假假》时，我给自己出了个难题。你知道会议是很枯燥无味的。我问自己：怎么写这几场会议？怎么透过人物在会议上的发言显示出他们的背景、个性？我自己再对着这几个难题想办法。

再说，现代人生活的节奏快、复杂。如果一味啰嗦，读者会不耐烦看。所以应想办法来表达这节奏变快、内容变复杂的现代生活。因而我舍去了按部就班的做法，去寻找新的表现方法。有人问我，是否会建立自己的风格。我想，也许我死了以后，大家从我的作品中会得出这么一个结论：原来没有固定的风格，就是谌容的风格。

我是这样说的吗？也许没有说得这么明白，没有说得这么简单。但我不模仿别人的风格，不拘泥于自己的"风格"，我喜欢多样的风格，因题材的不同而异，因内容的需要而异，因读者的对象而异……这类的意思我是说过的。

今年春天到广州，花城出版社《花城》编辑部约我选一些风格不同的中、短篇编一个集子，我就选了这里的十一篇。不敢说有什么不同的"风格"，无非是一些尝试，纯、兼、杂，各选了几篇，至于味道如何，只有敬请读者品尝鉴定了。

一九八五年五月十日　北京

（本文是作者为花城出版社出版的《错，错，错！》一书写的序。）

《望乡》的背后

在马来西亚的原始森林里，在一座座背向日本的墓碑下，长眠着无数受尽凌辱而死去的"南洋姐"。圭子拿着水筒在每座坟头的焦土上，洒下一滴清水。斜阳惨淡，暝色四合。她含泪合掌致哀，用自己全部的爱，虔诚地凭吊着她们，这些被当作赚取外汇、积累资本的工具而葬身异国的孤魂……

这是日本电影《望乡》中的一个镜头。著名演员栗原小卷扮演的圭子那么正直、善良，那么美，给中国观众留下了深刻的印象。

圭子是谁？《望乡》的故事是真的吗？原来，这影片是根据日本著名女作家山崎朋子的报告文学《山打根八号娼馆》改编而成的。阿崎婆一生的悲剧也不是凭空编造，而是日本九州天草地区一个贫苦妇女苦难的真实写照。圭子为打开阿崎婆心扉所作的艰苦努力，正是山崎朋子本人的经历。

四月三日，当我们将辞别东京回国的前一天，特地拜访了这位女作家。她和她的丈夫上星一郎先生在家中非常热情地接待了我们。

"栗原小卷扮演的女作家，太像我的妻子了。"上星一郎先生微笑着对我们说。

"栗原小卷要生气了！"坐在他身旁的山崎朋子脸红了，轻轻地说了一句。

我望着山崎朋子。她的确很像银幕上的那个圭子。高高的个子，俊俏的面庞，仍然显得年轻。她端庄地坐在我们对面的沙发上，双手放在膝盖上，睁着一双大大的眼睛。一头长发披散下来，半遮着她微微侧着的脸，那神情似乎在倾听，在沉思。

话题一触及她和她的作品时，山崎朋子总是露出好看的笑容，红着脸，似乎不知该怎么作答。我们谈到《望乡》这部电影受到中国观众的好评时，她显得很高兴，连声说"谢谢，谢谢"。

上星一郎先生却叹了口气，望着我们说：

"电影后面还有电影啊！"

开始我不大明白他这句话的意思，以为是翻译不准确。陪同我们的横川健先生的翻译水平是第一流的，绝不会错。我等待着他们的解释。谁知，他并不继续自己的话，反问了一句：

"中国作家出去采访，是国家出钱吗？"

"是的。"我回答着，心中仍不解他先前的话。

上星一郎先生点点头，颇有感触似的说：

"我们可要自己筹划钱啊！为了她写那篇报告文学，我们把全家仅有的七万元存款，拿出六万给她做差旅费。那时，我们家里的条件是很困难的，住的地方很不好，她出去采访，我一个人在家带孩子做饭。"

把仅有的几乎全部存款拿出来。这意味着什么？我国的读者可能不太理解。在日本，这个被称为世界上个人存款额最高的国家，个人存款平均数字是相当可观的。但对于一般知识分子、职员来讲又当别论了。当他们有比较好的工作、能挣钱的时候必须储蓄。否则生了病怎么办？被解雇了怎么办？在这个人与人之间激烈竞争的社会里，什么都靠自己。而要生活，又非要钱不行。像上星一郎先生这样，把存款拿出来供妻子去采访，采访的结果如何不得而知，书写出来能否畅销也是问题。在这种情况下，采取这种断然措施，真可谓孤注一掷了。他的话引起了我极大的兴趣，我急忙想知道山崎朋子是怎样走上文学创作道路的。

"她开始是研究妇女问题的。"上星一郎先生介绍，"在日本，年轻人结婚之后，男子可以继续自己的事业，女子就不能工作，只能当家庭主妇。我们两人也一样。结婚之后，她只能待在家里了。可是，她非常渴望做一点事情，她感到不平，为什么女子结婚以后就要依附于丈夫，自己不能独立？于是，她开始研究妇女问题。"

山崎朋子默默地坐在一旁，她是那样文静，谁能想到在她身上蕴藏着这样大的力量，驱使着她挣脱传统观念的束缚，冲向社会，去探寻人生。为了事业，她曾付出多少艰辛？

山崎朋子说："三年前，为研究亚洲妇女史上关于卖身海外的妓女这个专题，我曾经调查过所谓'南洋姐'问题，遍访了岛原和天草，可岛上的居民绝口不提往事，我一无所获……"

听着这些叙述，我仿佛看见她身穿朴素的衣衫，手提简单的行李，穿过青州那偏僻的小村，走进山崖下的一间茅屋，在那倾斜的杂草丛生的屋顶下，探索一个受难的灵魂。她和阿崎婆两人伤心的泪水，滴在那婆罗洲木棉的垫子上。

我仿佛看见她走下舷梯，站在马来西亚的亚庇机场，望着南国的天空，望着忧郁的椰林，皱着浓眉，压着心中的悲痛，在寻找"山打根八号"那罪恶的、吞噬过无数日本无辜少女青春的魔窟。

这时，山崎朋子从里屋拿出一大摞书来，赠给凤子和我，还托我们带给她熟识的中国朋友。其中一本是她和上星一郎先生合写的报告文学，内容是叙述一个孤儿院的故事。书中赞美了一位仁爱的妇女，为孤儿献出了自己毕生的精力。这本书的名字叫《微弱的光》。为什么叫这个名字呢？上星一郎先生解释说：

"有些人在做着伟大的事业，他们可以发出耀眼的光芒。我们书中的主人公，也许只是做着微小的工作，但对社会有利，也是在发光，尽管这光是微弱的。"

上星一郎先生是致力于儿童文学的，也曾多次到我国访问。妇女和儿童，本来就是一个不可分割的命题。他们夫妇的合作也是很自然的了。

"你们真是一个和谐的家庭！"凤子同志不由得称赞着这对患难与共的夫妻。

在这样的家庭做客是令人愉快的。可惜时间在催促我们。我忙问山崎朋子今后的写作计划。

"我准备写战争给中、日两国妇女带来的灾难，还准备到中国去调查一下。"

啊……

"那时在日本，男子走了，只有女人独自支撑着，生活很难。"山崎朋子说，"很多人变成了寡妇。失去亲人的孩子流落街头。而在中国，许多妇女受到侮辱、损害，更要严重。战争给两国妇女都带来惨伤。"

她选定这样的题目，无疑又是给自己出了一个难题。她的父亲是所谓"战死"的，她将怎样来描绘那场战争？她要到我国来收集材料，像她当年到青州去寻找阿崎婆一样，又将遇到多少困难？那些被侮辱与被损害的活着的中国妇女，愿意对她讲述那过去的伤痛吗？

然而，山崎朋子已经决定了，她很有信心，她已经在做启程来中国的准备了。

在告别时，横川健先生建议为我们合影留念。我们四个人，主人和客人站好后，山崎朋子忽然朝门外招手，叫在她家帮忙的女工参加进来。我这才记起，进门刚坐下来，当这位女工给我们端茶时，山崎朋子曾庄重地向我们介绍了她，好像是自己家中的一员。

山崎朋子的这个举动，使我想起我们的翻译小王说过的一件事。有一次，小王坐在饭店的汽车里，一路同司机聊天，下车后，那位司机说，你日语讲得很好，但你肯定是中国人。因为日本坐车的人，所谓上流社会的人，是不和司机说话的。而山崎朋子，待家里的女工如同亲人，这在我们的国家虽然平常，而在"贵""贱"

分明的日本社会却是不容易的。这大概同山崎朋子从小受苦的经历，同她对阿崎婆那样日本妇女的同情心，是有关系的。

三位主人一直把我们送到门外停车的地方。当我们的车到了胡同口时，他们还在遥遥地向我们招手。我回头看到，在那阵阵轻风中，山崎朋子的长发飘散在脸上。她的长发似乎很特别，从额上直泻下来，遮住半个脸。这是新的发式还是她个人的喜爱？开始我不解，后来一个偶然的机会才知道，她如此留发，并非出于标新立异，而是为了遮盖住她额上一块长长的伤疤。那伤疤是她童年不幸生活的见证。

啊，山崎朋子，一个从困苦中挣扎出来的、倔强的女作家！

纽约地铁探险记

在纽约，我坐了一次地铁。

关于纽约的地铁，传闻颇多。有说那地铁很脏，脏得难以想象；有说那地铁很乱，乱得抢钱杀人。

记得临出国前，去丁玲同志家做客，谈起纽约，她说她曾想去坐坐地铁，被同志们含笑劝阻，未能成行。言下不无遗憾之意。

到了纽约，当我说要去坐地铁时，同志们连声劝我别去；又告诫我们，出门上街最好带上十块钱，万一遇上强人，给了钱就行，不然，人家就要拿刀子捅你。其实，这经验早已有人给我讲过。

正好，美籍华裔教授李又宁女士来找我。她虽是专攻中国历史，却对中国当代文学也有兴趣。文史不分家，我们是好朋友。她长住纽约，自告奋勇领我去。我们团的翻译金坚范同志，人颇勇敢，在飞机上就表示有难同当的，立即准备好了遇难时的现钞。王西彦同志虽近七十高龄，凡事不甘落后，也报名参加我们的行列。张光年同志因尚在时差病中，举步艰难，只好留守。

我们走出领事馆大门，拐弯过街，坐上公共汽车，到了地铁站口。

入口处极其简陋。两名售票员坐在油漆剥落的窗口后面，买票的人很少，显得冷冷清清。

一下台阶，就有一股令人不舒服的气味扑鼻而来。似乎是霉味、汽油味，又似乎是垃圾堆的臭味。地上有可疑的便溺的痕迹，有废纸、破塑料袋、空罐头盒子，的确是够肮脏的。

放眼看去，窄窄的站台上，除了我们这几个不速之客，还有几个乘客站在那边。他们穿着随便，慈眉善目，不像打家劫舍的恶棍。

过了几分钟，一阵刺耳的声音响起。那声音之尖厉，我在别的地铁确实闻所未闻。随着这一阵震耳欲聋的尖叫之后，一辆披挂得鬼怪似的铁车出现了。

直到车在面前停下，才看清这车身的不一般。整个一节节车厢的外壳上，全被密密麻麻的五颜六色涂满了。黄色的圈圈，白色的三角，覆之以黑色的字母；粉红色的道道，和一些辨不出是什么形状的线条，层层叠叠，乱七八糟地交织在一起。记得儿时在四川念小学时，老师骂学生字写得不好，常斥之曰"鬼画桃符"。看到这鬼脸一般的车皮，确有"鬼画桃符"之感。

来不及细琢磨，我们就上了车。车厢内也是一样，除了车顶、椅背上方的车壁贴满了稀奇古怪花花绿绿的广告之外，凡是空隙的地方，均由这些鬼画补壁。

车内乘客不少。开始我们站着，后来有了空座就坐下了。待坐下之后，不免打量起周围的乘客来。我看到，有穿着劳动布裤、线上衣，背着沉重大书包的学生；有提着购物袋的家庭妇女；有上车就低头阅读的知识分子。从肤色上看，他们绝非属于同一个祖先。有白人，有黑人，有黄人，也有介于白黑之间的棕色人。大家和平共处，尚无将要爆发"战斗"的迹象。后来，就见从车厢左边门钻出一条壮汉来，那身量不比我们篮球明星穆铁柱矮多少，两条粗胳臂，一双大手。我心想，是不是来了？只见他伸手轮换扶着铁杆，摇摇晃晃地经过我们面前，走到右边，进入另一个车厢去了。就这样，我们平安无事地下了车。

不过，坐了一趟纽约的地铁，却在脑中留下一个问题：在这高楼如林的现代化大城市，何以存在如此陈旧破烂的公共设施？及至问了美国朋友，才得知一二。原来，纽约的地铁兴建甚早，好比一个漂亮的女人，年轻时也曾风姿绰约不可一世的，如今时过境迁，红颜色褪，此其一。其二，六十年代初（推算起来，是越南战争年代）美国青年愤世悲政，满腔的不快无处倾吐，开始在这无辜的铁皮身上发泄。试想，再光洁的铁皮，历经二十多年的折磨摧残，自然是遍体鳞伤、面目全非了。

那么，市政当局为什么不采取点措施，起码弄点水洗洗干净？又据说是，擦了又被涂上，以至擦不胜擦，最后只好放弃不理，听其自然了。

一位了解内情的朋友还告诉我们，本来市政府答应更换全部地下铁的，后因所需费用太大，只好作罢。他还说，纽约的街道也该好好修了。但是，如果全部翻修，需要的钱可以建设一个新的城市，因而也就不想动手去修它了。这番话，大有破罐子破摔的劲儿，令人听了不免有些丧气。

在这个世界闻名的大都市里，最现代化的建筑与最肮脏的贫民窟并存，最优秀的艺术与最不堪入目的三个 X 电影院同在，这就是纽约。假如这位朋友的话是真的，那么，再过二十年，纽约城将会是什么样子呢?

后来，我在美国和加拿大见到一些朋友，他们都是一提纽约地铁就说"可怕"。他们问我对纽约地铁的印象，我说:"在我坐的那一趟地铁，在我坐的那一节车厢里，我看到一些普普通通的美国人。他们都乘车去办自己的事，我相信他们是一些善良的人。当然，那个地铁应该修整一下。"

我的朋友说:"你运气好!"

一九八二年十一月二十一日

酒吧女郎

一个偶然的机会我认识了她——这位美丽的十九岁的美国姑娘。她叫玛丽？她叫玛瑞？并非我不知道她的真名，而是不愿落在纸上，在中国人眼里，"酒吧女郎"并不是令人尊敬的称号。

她邀我去她小小的住宅做客，带着我走过穷人区的街道。这里店铺很少，地上是落叶和纸屑。我们走近一幢灰色的油漆剥落的楼房，进入窄窄的门，上了窄窄的楼梯，停在黑暗的过道里，等她打开自己的房门。

门打开，就是一间类似门厅的起居室，没有过道。这间约十平方米的地方迎面窗下有一张旧的小双人沙发，左边一个小茶几，右边一个小冰箱。墙上一无装饰，只在靠门的墙边放有一层类似书架的矮木架。架上摆了一张大照片，照片上是一个胖娃娃，旁边还摆着一个印第安人的头像雕塑。除此之外，这屋里就没有别的多余的东西了。灰色廉价的薄薄的地毯，衬得房间冷冷清清，有些寒酸，却打扫得十分干净。屋里还有两道门，一道通向小小的卧室，一道通向卫生间。

　　我们俩坐了近四小时的大卡车（一种特大的集装箱运输车），都很疲劳，她想招待我，打开冰箱，只有面包和一包饼干。我也真饿了，吃饼干就自来水，觉得很香甜。我们抽着烟，一块儿坐在那唯一的沙发上聊天。

　　她告诉我，那照片上的胖娃娃是她的儿子。我有些惊讶，望望她年轻的脸，苗条的身材，不敢相信。她笑笑，毫不隐瞒地讲给我听：这孩子是她十五岁时生的，现在已经四岁了，寄养在外省她父母家里。她不无骄傲地说："生孩子时我没上医院，也没有找医生，就在家里，我蹲在床前，两手抓住床沿，就生下来了。"

　　我问她，孩子的父亲呢？她说，他是有妻子的。"他并不真心爱我，只要和我上床。"

　　后来，一位认识她的朋友告诉我，这年轻的姑娘的遭遇很不幸。十六岁时，人家诬告她偷了一件大衣，被判刑坐牢。按美国法律规定，被释放后一段时间不准到外地。可她不遵守法令，又酗酒闹事，重被关了一阵。这样的人很难找到合适的工作。她还算不错，在一家公司找到了一个月薪七百元的工作。她最大的愿望是能把儿子接来带在自己身边。可她的工资付三百元房租之后，剩下也只够她自己的生活，因此，每逢周末她就去当"酒吧女郎"。她自己也喝酒。

　　她去打工的酒吧老板是华人，也是我的读者和朋友。她该上工了，我和她一起去那酒吧。玛丽或玛瑞很活泼地工作着。她穿黑色的短裙，摇晃着一头金发，给客人倒酒，陪客人打台球。她很聪明灵巧，球艺极高。她很耐心地教我打球。她给我的印象是那么纯洁，可她的经历又是那么"不纯洁"。她不想结婚，但希望找一个男人同居，给予她物质上的支持，使她能抚养孩子。可又很难找到这样的人，她只有一些"临时的男朋友"。

在酒吧，我还看到另外几位这一阶层的妇女。她们多是单身，养着几个孩子，有的还不知孩子的父亲是谁。她们靠政府给孩子的救济金生活，自己也打点短工，赚了钱就来喝酒。到晚上，大都喝得醉醺醺的，跟了男朋友走去。

此刻，我写着玛丽或玛瑞，闭上眼似乎就看见她那一双晶亮的大蓝眼睛，长长的好看的睫毛，端正的鼻子，略大的薄嘴唇，披散的金发。她是那么年轻，她将来会怎么样呢？

我遥祝她得到好运。

从哈佛大学演讲谈起

美国的演讲方式，我以为是很好的。它不需要你长篇大论地讲，一般不超过十五分钟，二十分钟到顶了。然后是提问，演讲人只需即席作答就是了。

在哈佛大学研究中心讲了一次，或者说连讲带答地"表演"了一场。那天到场的是以研究中心的专家们为主，我演讲的题目是《文学与社会》。他们提问相当广泛，从中国的政治稳定性、连续性到文学创作的倾向性，以及我为什么写《人到中年》，等等。当然，也少不了那个在国内早已从报刊中消失，而在海外仍然被人屡屡提及的"清除"精神污染问题。对于这类问题，甚至一些很"尖锐"的问题，我总是本着知之为知之，不知为不知的原则，答得也颇痛快。

演讲结束后，主办单位似乎意犹未尽，又请我的朋友刘年玲女士来交涉，希望我第二天再来一场。可第二天我个人的计划是参观波士顿的霍桑故居（虽然霍桑只在那幢河边的房子里生活了很短一个时期，但因为喜欢他的《红字》，我要去凭吊一下），只好婉言谢绝。

　　看来，听讲的人对向演讲人提问，那兴趣也是很大的。记得演讲毕，哈佛大学副校长设家宴款待我，刚饭罢，忽然有人乒乒乓乓敲门。一会儿，刘年玲来告知我，有一位教授还有一些问题要向我提问。我本来也乐意作答的，考虑到在别人家做客，事先并未约好这节目，就谢绝了。俗话说，入乡随俗。按美国的洋规矩，会亲访友是需要先约定的。不像我们北京人串门儿，不管你在家干什么紧急的事儿，也不管你愿不愿意，串门儿的人照例是可以推门就进的。

　　除哈佛大学之外，到加州大学柏克莱研究中心、加州大学洛杉矶分校、芝加哥大学、麻省理工学院，都是这么讲的。我喜欢这样的方式，是因为我自己就很讨厌那些漫无边际的大演讲，说了半天并不是人家想听的。

"轮子上的美国人"

　　从爱荷华到州的首府得梅因去,我搭乘了一辆大型集装箱车。

　　司机约瑟夫·瓦格是个年轻的印第安人。他扶我跨进驾驶台,就坐到方向盘跟前,踩上油门,驶上高速公路。

　　美国的高速公路四通八达,宽阔平坦,修得着实漂亮。旅游、载货,从东部到西部,从南到北,只要有一辆车或者租一辆车,就能通行无阻。难怪它的信誉与功能早把双轨的火车线甩在了身后,也难怪人们把喜爱旅游的美国人称为"轮子上的美国人"。

　　其实,真正"轮子上的美国人"不是那些旅游者,而是像约瑟夫·瓦格那样的集装箱车司机。这种车昼夜行驶,两名司机,轮流睡觉,人歇车不歇。连上帝赐给的礼拜天,对他们来说,也不存在。一年中,他们只在圣诞节休息七天。

　　因为车上要有一个睡觉的地方,这驾驶台也不一般,简直像一间小屋。司机座的后方隔开一间约五六平方米的地方,放有一张像轮船上海员睡觉的那种小床,还有一个挂衣物的小壁橱。此刻,瓦格的女友斜卧在小床上。

这些日夜生活在高速公路上的集装箱运输车司机，往往被渲染成很神秘的人物：豪放、粗野、放荡不羁。我是怀着一种好奇心，经一位朋友介绍，闯入这个很少被人关注的美国底层人物的圈子里去的。

刚爬上那高高的驾驶台，置身于滚滚的车流之中，还觉得新鲜。久而久之，便有些乏味。路漫漫，好像没有个头。两旁的田地，千篇一律，迎面而来，急速而去。前后左右各式飞驰的车辆，耳旁只听见刷、刷、刷的车轮声。这时，我觉得美国的高速公路仿佛是一条无情的传送带。这大大小小的车，连同车上的人，就像一个个机器的零部件，被放置在这传送带上，身不由己地朝前运行，欲罢不能，欲退无路。

我对瓦格说：

"你可以放音乐。"

"我不想听音乐，我只想和人说话。"

瓦格告诉我，干他们这一行，最缺少的，就是有人和他聊天。

"那么，你喜爱自己的职业吗？"我问。

"喜欢。"他侧过头来说，"我可以跑遍全国，谁也管不着我。在车上，我觉得自己是自由的。"

他个子不高，瘦瘦的，齐肩的黑发披散着，褐黄色的脸上闪烁着一双愉快的小眼睛。他告诉我，他的祖父祖母都是居住在印第安人保留地的。他的双亲在那里生下了他。不幸母亲早逝，他觉得家庭没有多少温暖，十二岁就流落到城市，擦玻璃、扛箱子、拾废品，直到十七岁偷偷学会了开车，于是找到了这个职业。到今天他已有十一年工龄了。

瓦格和我说着话，忽然来了个恶作剧。他见一辆高级小轿车在快车道上，一转方向盘，也驶入那条车道，嘴里还洋洋得意地喝道：

"靠边去！"

那豪华的小汽车是惹不起这庞然大物的，乖乖地躲入另一车道中。我猜想，那驾小车的人一定在骂他了。此举对瓦格来说并无恶意，只不过是他寂寞的长途旅程中的一种无伤大雅的消遣吧！

瓦格告诉我，他每年能挣三万多元，也有时年收入可达五万元。因为成年漂泊于公路上，他们一般没有固定家庭。后来，我又认识了几名集装箱车司机，大体也是如此。一位法裔司机四十八岁还是单身；一位爱尔兰司机五十多岁，退休了，仍孤身一人。这些人闲来无事，旅途歇息时，就去酒吧消磨时光。当然，他们有临时的女友或露水夫妻式的结合，也有人花钱去购买"爱情"。

在瓦格的车上，他打开话筒，里边传出乱七八糟的喊叫声，吵闹声。我问他是不是公司在调度指挥，他摇头，又不时冲话筒喊上两声。后来我才知道，这是电台的一种"人民频道"，谁都可以用它自由喊话。据说，最初是为驾车人遇险呼救而设，后来渐渐被这些寂寞的长途司机用来聊天取乐，甚至同沿途的妓女调笑，讲价钱。不过，老司机们说，他们不去找那些女人，"一次花二十元寻欢作乐，之后要花三百元治病，划不来"。

我坐了四小时车，到得梅因下车了。

约瑟夫·瓦格朝我挥挥手，沿着高速公路继续朝前开去，很快就消失在来往如梭的车流之中。

美国的高速公路是繁忙的，"轮子上的美国人"是寂寞的。

在爱荷华作客的日子

美国中部有个小城叫爱荷华。

这城市基本上是由一座大学——爱荷华大学的成员为主,加上为他们服务的第三产业的成员和少许的居民组成。因而,在小城转一圈到处只见青春的脸庞、活泼的男女。学校的黄颜色的巴士,横穿整个小城为学生去图书馆、去各教学楼听课提供方便。学生们都挺忙。听说目前在美国,年轻人有一种"两耳不闻窗外事,一心只读'电子学'"的倾向。在这里,只见他们双手捧着胸前厚厚的书,或背着沉重的书包奔来赶去。

小城里又以办了一个"国际写作计划"组织而渐渐闻名。起初,也不过是大学里附设的一个青年创作训练班。后来慢慢扩大,吸收一些外国作家来,改变了性质,成为一个具有国际色彩的文学交流的地方。我们国内已派了几批作家去,已写过不少文章介绍。

只不过,去年秋天去的作家似乎特别多,包括西欧、东欧、北欧、亚非拉的三十多个国家。中国人也去了四个,大陆两人,台湾两位。可说是各色人种，使用各种语言，写各种不同作品的作家都有。在市中心的圆顶大厅里举行了分门别类的演讲会：诗歌、小说、报告文学，大家各讲各的。

这些外来客通行的是英语。当然也混杂了其他语言。比如，西班牙和希腊的作家在一起总说西班牙语，法国作家也能找到非洲的诗人讲法语，东德、保加利亚的也和我讲俄语。我请瑞典、法国、东德、西德和非洲国家的作家们喝中国茶时，就英语、法语、德语、俄语一起上，加以手势的配合，说得也很热闹。只有一句英语是我们都说得很好的，那就是在走廊里碰见时，笑嘻嘻地互相道一声："嗨（Hi）。"

被邀来参加"写作计划"的作家们统统住在八层楼上。这幢楼是大学生的宿舍，八楼以下住的全是学生，上、下电梯常碰见穿着随便的大学生们。两位不同国度的作家合住一个单元。房间也不考究，每人一大间（用衣橱隔成两间），厨房、卫生间合用。东道主为每间房配以电视机和收音机。

我被安排与冰岛女作家斯泰伦合住。她除了写诗、写小说，还翻译——把英文书译成本国文字。她单身，带着十岁的小女济娜。有时我炒两个菜，请她母女一块儿吃顿饭。分手时，济娜学会了使筷子，也会说中国话"你好"。而我也把斯泰伦当我的英语"家庭教师"，受益匪浅，我们相处得很好。

东方人和西方人习惯很不一样。中国作家和日本作家时常烹调蒸煮，厨房里香味扑鼻。西方作家就不大动火。我那漂亮的邻居每天早上只煮一大杯咖啡端进房去，然后就传出哒、哒、哒的打字声。到中午她也就拿两片面包，抹点脱脂黄油或夹片起司之类算一餐。小济娜临时去美国的小学借读，放学回来也是自己用牛奶泡点什么吃吃就算了。晚上，母女俩常进城去听爵士乐，深夜方归。

在我过生日的那天，几位作家约我去听爵士乐。那音乐几乎没把人耳朵震聋，一边听一边喝酒，南非的诗人和芬兰作家都喝醉了。

"国际写作计划"原创始人波·安格尔因年逾古稀，让贤于其夫人聂华苓女士。华苓是华裔，对我们中国作家格外情深，在她家吃过无数顿中国饭菜。波·安格尔过生日没保住密，各国作家凑份子买了点礼物，我也订了一个蛋糕送上。

在爱荷华的那些日子，生活还是很有趣的。

一位美国家庭妇女

"非常抱歉，由于房间还没有腾出来，现在只好请大家自由活动五小时。"到达芝加哥的瑞切蒙德旅馆，"国际写作计划"的美国领队皮克先生向大家宣布。

外边下着雨，不想一个人到雨中去"活动"，我要了一杯咖啡，在一张小桌旁坐下。

咖啡厅里人不少，邻桌上是一位年轻的美国妇女，她正照料着三个幼小的孩子——后来我才知道，五岁的叫杰克，三岁的叫特瑞沃，坐在小车里的苔茜才六个月。她叫柏蒂，住在俄亥俄州，是到芝加哥来观光的。她这种拖儿带女出游的壮举，着实令人佩服。

"那么，你现在准备到哪儿参观呢？"我问柏蒂。

"我准备带孩子去美术馆看看。"

"我可以陪你一块儿去，不过，我只有四个小时的时间了。"

柏蒂很高兴认识我这个中国作家，她说：

"OK，我们现在就走。"

带孩子出门是很啰嗦的。我们先一同上楼去她的房间，给小苔茜喂饱了奶，令杰克和特瑞沃撒了尿，给三人各加了一件小外套，然后，她领着两个大的，扛着小车，我替她抱着小的，下电梯出大门。

门外的秋雨，挡不住我们的游兴。招手叫来出租汽车，直奔美术馆而去。当然，领着这么三个小家伙想安安静静欣赏名画是不可能的，好在我原本也不存在这样的希望，我们穿过沉醉在美的境界中的人群，照直来到专为儿童设的小小的游乐室。杰克在那用长塑料带装饰成迷宫的帘子里钻来钻去，特瑞沃跟在他屁股后跑得满头大汗，小苔茜旁若无人地躺在车里睡大觉，柏蒂和我站在一旁聊天，各得其所。

使我有些意外的是，柏蒂不和我谈孩子，也不谈家庭，而是谈写作。她腼腆地问我：

"我也很想写小说，就是不知道怎么开始，你是作家，能告诉我吗？"

"首先是写，把你心中感受到的一切写下来。"

"可是，我不知道怎么才叫小说。"

当今世界上，本来就有小说与非小说之说，究竟小说的定义是什么？什么是正宗的小说？似乎还没有人敢下定义，我只好说：

"我觉得，小说没有一定之规。只要写出来动人，自己感动，也能感动读者，就算小说吧！"

柏蒂大学毕业之后结了婚，生了三个孩子，没有去工作，当家庭妇女。她丈夫现在念医学院的最后两年，毕业后会找到一个报酬优厚的工作，他们会过舒适的生活。但，她仍然渴望有自己的事业。大概她觉得写小说这样的事，等孩子吃饱、睡着之后是可以干的。何况她告诉我，她有许多故事想写出来。

孩子们很快就玩累了，也饿了。我们对文学的探讨只好匆匆结束。上楼、下楼转了好一阵，才寻到快餐部，我们吃了简单的午餐，柏蒂给孩子喂奶。我领两个大孩子到小卖部给他们买了点礼品——两件仿唐的中国工艺品，然后就结束了我们对美术馆的参观。至于那里有些什么好画，我一幅也没有看见。

当我抱着小苔茜走进旅馆大门时，把我们领队皮克先生的夫人吓了一跳，她叫道：

"谌容，你哪里来的这个贝贝？"

"我在街上捡来的呀！"

第二天，皮克夫人把一盒包装精美的香水递到我手里，笑道：

"你的朋友柏蒂今天一早被她丈夫接走了。她怕你没起床，托我把这转交给你。她希望你到她家里去做客。"

太遗憾了，我未能和她告别，也未能到她家去做客。

黑人朋友拉蒙·哈尔顿

在芝加哥的一家旅馆，我认识了拉蒙·哈尔顿先生。

他是那里的侍役，帮我提箱子，彬彬有礼地送我上六楼的房间。我照当地习俗付他小费之后，就和他攀谈起来。他回答我的问题，态度十分友好。我递上名片，介绍了自己的职业之后，就唐突地提出：

"我想到你家里看看，行吗？"

到美国待了些日子，知道人家那里不兴串门的。我准备着哈尔顿先生找一个借口婉言谢绝，不料，他微笑着答道：

"OK，只是我需要打个电话给妻子，让她把房间打扫一下。"

"那我下午四点到你家，可以吗？"

"OK！"

他答应得那么痛快，令人很愉快。

四点整，三位留学生开车陪我找到门牌 1036 号，走上几级台阶。门旁没有电铃，木门外只是一扇破旧的纱门。留学生们抬手不知从何敲起，还是我上前拉开纱门，直接敲了里边的小木门。

拉蒙走来开门。门拉开就是一间客厅，倚墙摆有一套旧沙发，形状不一，倒是舒适。因为住宅是在底层，屋内光线不好，拉蒙打开了电灯。他向我们介绍了自己还显得年轻的母亲巴奈塔，又抱歉地说妻子因事尚未回家，然后问我们想喝点什么。

"咖啡。"我琢磨这是美国家庭必备的饮料。

拉蒙回头望望母亲，巴奈塔摇摇头抱歉地说：

"咖啡没有了。"

"啊，我想喝一杯水。"我连忙改口说。

巴奈塔端来一杯水。拉蒙却抱了一大瓶酒来，请我们喝，我们谢绝后，他自己倒了一杯喝着。

拉蒙·哈尔顿今年二十八岁，身体很健康，黝黑的长圆形脸上，浓眉、大眼，给人的印象自尊而又温和敦厚。他父亲原是铁路工人，十七年前因工伤不幸逝世。巴奈塔说，依靠抚恤金和社会保险金抚养五个孩子。那时小拉蒙才十一岁。他念完高中，开始了这个工作。

我们参观了他家的住房。这房子是拉蒙的父亲留下的。除进门的一间外，还有三间卧室和一个兼做餐室的小过厅。房租、电费加在一起每月只需付三百三十元，是很便宜的了。拉蒙解释说，因为地区的关系，所以房租便宜。

谈起工作，他对自己的职业很满意，他说：

"在这里工作可以见到各国的人，你看，我今天就见到了中国的作家。而且，这工作可以每天带现金回家。"

带现金回家，大约是意味着不用上税吧！拉蒙每星期工作五天，每天八小时。但他不算旅馆的职工，不拿旅馆的工资，只靠小费收入。我问他一年能收入多少，他算了算说：

"大约九千元。"

他还自豪地告诉我，他的妻子在税务局工作，工资比他高，一年可收入一万三千五百元。他们只有一个孩子，母亲从一九八二年失业，目前正在找工作。

拉蒙一再表示，他非常赞成美国式的民主。他认为这个国家人人都可以奋斗出头，你拼命干活，就可以挣钱。你偷懒，你就活该。他声明自己对政治不感兴趣，但他认为种族歧视仍然存在。

我问他：

"这种歧视表现在什么地方？"

"对少数民族妇女政治上的歧视，安排工作上的歧视，都有。不过，现在芝加哥的市长是黑人，这些现象有所改变。"

当我问到他对"吸毒和犯罪"问题的看法时，拉蒙·哈尔顿非常敏感，他立刻说：

"你不要相信电视上的宣传，以为这些吸毒犯罪的都是黑人。那是白人的宣传，其实，干坏事的什么人种都有。"

他说这话时非常激动，至今我还记得他那激动的样子。

狗

〔俄〕伊·屠格涅夫　著

谌容　译

"……假定可能存在那么一种超乎自然的东西，而这种东西又能左右人的日常生活的话，那么请问：人类健全的理智在这种时候应该起什么样的作用呢？"安东·斯杰潘内奇双手交叉放在肚皮上，高声论述着。

安东·斯杰潘内奇是一位五等文官，在某个事务烦杂的司里任职。他那有节奏的男低音，讲起话来从容不迫；一向受到一致的尊敬。据忌妒他的人私下传言，不久前他还得了一枚圣·斯达尼斯拉夫勋章咧。

"这是毋庸置疑的。"斯克渥列维奇说。

"关于这一点，任何人都不能提出异议。"基那列维奇补充道。

"我也完全赞同。"屋子的主人费诺普连托夫先生的嗓音像吹笛子似的，也从一角传了过来。

"可我，我得承认，我不能赞同。因为有一件超乎自然的事就在我身上发生了。"说话的是个中等个子的中年男人，秃顶、挺着个肚子，一直不吭声地坐在炉子旁边。在座所有的人都把惊奇、不解的目光射向他，屋子里顿时鸦雀无声了。

这个男人曾是个没什么钱的卡卢加的小地主，不久前才到彼得堡来。他当过几天骠骑兵，打牌输了个精光，退了职，就在乡下住下了。目前农业的变化大大影响了他的进项，因而他奔首都来，一心想寻求一个舒适的位子。他没有任何本领，也没有任何关系；但他顽强地抓住一位旧日同事的交情。这位旧同事忽然无缘无故地平步青云、出人头地了。而在昔日的赌场中，他还拉过这人一把呢。另外他还想碰碰运气——他还蛮走运；过了几天，他居然到手了一个国家仓库监督人的位子。这个位子挺实惠，还挺受人尊敬，又无须什么特殊的才能，因为仓库本身就仅仅存在于推测假定之中。甚至谁也说不清，拿什么去填满它，因而，只需要想象它是一个官方的商业机构就是了。

安东·斯杰潘内奇首先打破了这呆呆的局面。

"怎么，我的阁下！"他开始说道，"您不是在开玩笑，您敢断言，真有件什么超乎自然的事情在您身上发生过？我想说的是，发生了一件与自然定律相违背的事？"

"我敢断言。"那位"我的阁下"坚持说。他的名字叫波尔费利·卡皮托内奇。

"一件与自然定律相违背的事！"安东·斯杰潘内奇生气地重复着自己的话。显然，他很欣赏这个句子。

"正是……是啊；正是这样，就像您说的。"

"这简直是不可理解嘛！先生们，你们以为如何？"安东·斯杰潘内奇极力做出一副讥诮的表情。谁也没答话，或者准确地说，是他，五等文官先生感到不那么对劲儿了，他转身冲着卡卢加的小地主，又说："我的阁下！您能否费神给我们详细讲讲这个异乎寻常的事件呢？"

"怎么不能，当然可以！"小地主一边回答，一边毫不客气地连人带椅子挪到屋子中央，就说开了：

"先生们，你们大约知道，也可能不那么清楚，我在柯杰尔斯克县里有那么一小片领地。从前我还能从地里多少收点儿。可现在，不用说，除了烦恼，我估计什么也得不到啦。不过，我现在不谈政治！喏，在这块领地上，我有个'小不丁儿'的庄园，包括一个小菜园子，一个小池塘，塘里有鲫鱼，还有那么几间房。喏，有间小厢房是为我这个有罪的人准备的……一个人的家当。言归正传吧。有一回，大约是六年前吧，那天，我回家已经很晚了，在邻居家打了会儿牌——这时节，请诸位注意，正如常说的，我一点儿也没有醉；我脱了衣服，上床躺下了，吹灭了蜡烛。请你们设想一下吧，先生们！我刚刚吹灭了蜡，在我的床底下，立刻就折腾起来了！我想，是耗子？不对，不是耗子。它抓挠，乱动弹，蹭痒痒……后来，俩耳朵还扇得啪啪直响！

"毫无疑问，是条狗！可，哪儿来的狗呢？我自己不养；我想，难道是什么'野东西'自己钻进来了？我大声喊我的用人。他叫费利卡。用人举着蜡烛进来了。'这是什么？'我说，'费利卡老弟，你怎么这么乱七八糟的！一条狗居然钻到我床底下来了。''啥样的狗？'他说。'我怎么知道？'我说，'这是你的事，老爷的安宁不许打扰。'我的费利卡弯下腰，举着蜡在床底下照来照去。

'这儿啥狗也没有呀！'他说。我又亲自弯下腰去瞧：真的，没狗。'真是怪事！'我抬眼一看费利卡，他正站那儿笑呢。'傻瓜，'我冲他说，'你龇着牙干什么？可能在你开门的时候，那条狗趁机一下子就溜到前厅去了。可你，马马虎虎的，什么也没注意，因为你总是睡得太死。你一定以为是我喝多了，是不是？'他还想分辩，我把他撵出去了。我把身子缩成一团儿躺下了，这一夜再也没听见什么。

"可是到了第二天的晚上——你们想想吧！——那事儿照样又来啦！我刚吹灭了蜡，它又抓挠起来，扇动起耳朵来。我又把费利卡叫来，他又爬到床底下去找——还是什么也没有！我把他打发走，吹灭了蜡——呸，见你的鬼！狗就在这儿，就是有条狗；明明听见，它怎么在喘气儿，怎么用牙在咬自己的毛，找跳蚤……清清楚楚是这么回事！'费利卡！'我说，'快点来！别点蜡！'那家伙来了。'喂，'我说，'你听见什么没有？''听见啦。'他说。我看不见他，可是我觉得这小子有点害怕。'你说这是怎么回事儿？'我说。'您叫我怎么说呢，波尔费利·卡皮托内奇？闹鬼了！''饭桶！别提什么闹鬼……'我说。可是我们俩的声音像小鸟似的；在黑咕隆咚的屋里，我们哆嗦得像得了寒热病一样。我点燃了蜡烛一看：既没有狗，也没有响声，只有我跟费利卡两人——脸色煞白。就这样，我一直把蜡烛点到天亮。我真得告诉你们，先生们——不管诸位信与不信——反正从那天晚上开始，连续六个星期，天天晚上如此。到后来，我甚至习惯于这种声响了，也可以吹熄蜡烛了，因为有亮我睡不着呀！管他呢，我心里说，让它来吧！反正它也没给我招来灾祸！"

"归根结底，我看出来，您并非胆小之徒，"安东·斯杰潘内奇笑着，露出几分傲慢、几分宽容的神情，打断了他的话，"现在显出骠骑兵的本色来了！"

"要是碰到您，我可绝不会害怕的。"波尔费利·卡皮托内奇低声咕哝着。这一刹那，他还真像个骠骑兵似的望了望。"可你们听我接着往下说。有个邻居上我那儿去了，就是我常跟他一块儿玩牌的那个。他在我那儿吃了顿便饭，输给我五十卢布；晚上他要走。可我有自己的打算。'留下吧，'我说，'在我这儿过夜吧，瓦西里·瓦西里奇；明天把钱捞回去，看上帝面上！'我的瓦西里·瓦西里奇想了想，留下了。我吩咐在我的卧室里给他搭了一张床……喏，我们躺下了，抽了会儿烟，聊了会儿——多半是扯那些娘儿们的事。光棍们在一起，说说这些也不算丢脸，不用说，我们乐了一阵。这会儿，我就瞧见瓦西里·瓦西里奇把自己的蜡烛吹灭了，翻身背朝着我，说了句'好好歇着吧'。我等了一小会儿，也把蜡吹灭了。你们看：我还没来得及想，这会儿会出什么事呢？嘿，我的宝贝儿，它已经开始活动了。它何止是活动起来了：它先从床底下爬了出来，又在满屋里溜达，爪子踩得地板咚咚地响，两只耳朵扇来扇去，忽然，它撞在椅子上了，这椅子就靠着瓦西里·瓦西里奇的床！'波尔费利·卡皮托内奇，'那人用一种漠然的声音说，'我还不知道，敢情你买了条狗哇！它是什么样的，猎狗，还是什么别的？''我呀，'我说，'什么样的狗都没有，从来没有过！''怎么没有？这个是什么？''什么这个？'我说，'马上点上蜡，你自个就明白啦。''这不是狗？''不是。'瓦西里·瓦西里奇在床上转过身来。'你是在开玩笑吧，见你的鬼！''没有，我不开玩笑。'我听见，他喀嚓喀嚓地划火柴，可是那个，那个家伙倒一点不消停，躲一边挠痒痒呢。蜡点燃了……没啦！无影无踪啦！瓦西里·瓦西里奇望着我，我也望着他。'这变的什么戏法儿？'他说。'就这戏法儿，'我说，'你就是让苏格拉底本人坐在你的一边，让弗里德里希大帝坐在你的另一边，他们也弄不清是怎么一回事儿。'接着，我就一五一十地把详情对他讲啦。我的瓦西里·瓦西里奇蓦地跳了起来，好像是让火烧了一下，怎么也穿不上他的皮靴了。'马车！'他嚷嚷，'马车！'我开始劝他，他压根儿听不进去，只是一个劲儿大声叹气。'我一分钟也不待在这儿，'他喊着，'出了这种事，可见你鬼魂缠身！——马车！……'但是，我还是把他说服了。只是把他的床搬到另一间屋子去了——一整夜到处都点着蜡。到了早上，喝茶的时候，他镇静了，开始给我出主意。'波尔费利·卡皮托内奇，你应该试试离开家几天，'他说，'可能这下流东西就不再纠缠你啦。'应该对诸位说，他这个人——我的邻居——是绝顶聪明的哟！顺便说说，他把自己的丈母娘也给骗了，骗得可绝了：他给她一张支票，也就是击中了要害！他丈母娘变得可温和啦，还让他管理她的全部领地——还能有什么更高的要求呢？把自己的丈母娘弄昏了头，这可不简单，啊？你们自己评评吧！可那天从我那儿走的时候，他还满肚子的不高兴：我又赢了他一百卢布。他甚至还骂我，他说，你是个忘恩负义的、不讲交情的家伙；可我在这里头有什么错儿呀？喏，这些是顺便说说；不过他出的主意我信：当天我就进了城，花钱住房，在一个认识的老头家住下了。老头是个分裂派教徒，是位受人尊敬的长者。虽然由于孤独他有那么点儿怪僻；他全家的人都死光啦。他特别讨厌烟草，对狗更是嫌弃已极；打个比方吧，要想让他同意把狗牵进屋子——简直是要他的命！'这怎么行哟！'他说，'因为我正堂的墙上挂着圣母像，怎能同时让屋里有一条可恶的狗，还让它摆出那张渎神的狗脸来。'看得出来——一个没有知识的人哪！在这一点上，我的观点是：人跟人的智慧不一样，各自按着智慧的多少来办事！"

"我看出来，您真是一位伟大的哲学家。"安东·斯杰潘内奇依然冷笑着，又一次打断了他的话。

波尔费利·卡皮托内奇这一次甚至皱起了眉头。

"我是个什么样的哲学家，这还难说。"他沉着脸，嘴唇上的一撮胡子动了动，咕哝着说，"但是，我倒想开导开导您。"

我们全体眼巴巴地盯着安东·斯杰潘内奇；每个人都期待着他有力的驳斥，或者哪怕是一个闪电般的眼神……没料想，五等文官先生收起了鄙视的嘲笑，面孔变得漠然。然后，他打了个哈欠，悠了一下短腿——如此而已！

"就是在这个老头子家里我住下了。"波尔费利·卡皮托内奇接着说，"看在相识的面上，他给我腾出了一间小房，当然，不是最好的；他自己就安顿在那隔板后头，对我来说这就够了。可那一阵子呀，我可受了罪啦！屋子小，又闷又热，苍蝇呀叮在身上不动；角落里有个不寻常的神龛，神龛里摆着古老的神像；神像的袈裟黑乎乎的，又肥又大；有一股油味儿，还有什么香味儿；床上有两个绒毛褥子；一翻开枕头呀，蟑螂就在下边蹦跶……愁得我尽是喝茶水，喝得不知有多少——真是倒霉透了！我躺着，想睡觉是不可能的呀——就在隔板那边，主人在那儿唉声叹气，哼哼唧唧，祷告个没完没了。喏，好不容易，总算安静下来了。我听见那边开始打鼾了——那鼾声不大，老式不时兴的打法，不讨人嫌。我早就把蜡烛吹灭了，只有圣像前边的小灯还亮着……这简直折磨我！我呀，悄悄儿地爬起来，光着脚，凑到神灯前，一口气把它吹灭——没事儿了。'嘿！'我想，'果然，在别人家里它不来……'谁想，我刚上床躺下，那恐怖可又来啦！又是抓挠，又是蹭痒，又是扇耳朵……喏，一切照旧！好吧，我躺着，等着，看你还有什么花样？这会儿我听见老头醒了。'老爷，'他说，'喂，老爷？''什么事？''是你把灯吹灭了？'可是还没等我答出话来，他自个忽然叨叨起来了：'这是什么？这是什么？狗？狗！哎呀你，你个天地不容、不得好死的异教徒哟！''等等，'我说，'老头，别骂人，最好你自己先到这儿来，'我说，'这儿才真正有怪事儿呢。'老头在隔板后头忙活一阵子，拿着蜡朝我走来，小不丁点儿的一截黄蜡，照见他那副模样，真把我吓了一跳！他全身皮肤粗糙，俩耳朵毛茸茸的，一双眼睛凶狠狠的，像黄鼠狼一样，头上顶着个小白毡帽，大胡子齐腰长，也是白花花的，身上穿着衬衫，衬衫上面是一件带铜纽扣的坎肩，脚上穿着一双棉皮靴——他浑身上下散发着一股果子酒味儿。他就这副样子走到神龛前，用两个手指头在胸前来回画了三次十字，点燃了神灯，又画十字，然后转过身来，朝着我只哼了一声，意思是你要解释清楚，你说！当场，我立刻毫不迟疑地把一切情形都对他说了。老人听完了我的全部解释，甚至连一句话也没说，只是不断地摇头。后来他坐下了，就这么坐在我床沿上，一直沉默着。他抓抓自己的胸脯，又挠挠后脑勺，又抓抓别的地儿，还是不开口。'怎么回事？费杜尔·依万内奇，'我说，'你怎么看：这是不是闹鬼？'老人看了看我。'你怎么想出来的！闹鬼！在你这个烟鬼家还可能——在这儿不可能！你只要想一想：这儿有神灵！你还想什么闹鬼！''如果这不是闹鬼，那又是什么呢？'老人又不吭声了，又挠了挠痒痒，最后才开口——声音那么低，只看见他嘴唇上的胡子在晃悠：'你到别廖夫城去一趟。除了那儿的一个人，再也没人能帮助你啦。这人就住在别廖夫城，是从我们这儿去的。他要是开恩指点你——是你的运气；他要是拒绝——可就只能受着啦。''可我怎么才能找到这个人呢？'我说。'这我们可以指点你，'他说，'只是，这怎么是闹鬼呢？这是显灵，或者是预兆；当然你办不到！你没有那么大的本领。躺下吧，现在先睡觉，心里想着基督；我去点上香炉熏一熏；明儿早上我们再好好商量。早上，你知道，比晚上清醒。'

"就这样，我们又商谈了一早晨；可他那个香的味儿，差点没把我熏死过去。老头告诉我：到了别廖夫城之后，在广场右手第二家小铺打听一个叫普罗霍雷奇的人；找到他之后，就把便条交给他。可那个便条就那么一张小纸片儿，上边这么写的：'为了圣父、圣子和圣灵。阿门。谢尔盖·普罗霍罗维奇·别尔乌申启。此事

可信。费奥杜利·依万诺维奇恭呈。'后边是：'看上帝面上，请捎些大白菜来。'

"我谢过了老头，没有再多说什么，吩咐套上四轮马车，我就动身去别廖夫城。因为我这么思忖的：即便那位夜间来访者并未给我带来巨大的灾祸，但总是搅得人心烦乱。再说，这种状况对于一个贵族和军官是不体面的——诸位以为如何？"

"难道您真去别廖夫城了？"费诺普连托夫先生小声问道。

"照直就去了。我来到广场，找到右手第二家小铺就打听普罗霍雷奇。我问：'有这么个人吗？''有哇，'他们说。'他住哪儿？''在奥卡，就在那块篱笆后头。''他住在谁家呀？''他自己的家。'我到了奥卡，找到了他的房子，确切地说，称不上是什么房子，就是个茅草棚棚。我看见一个身穿蓝布长袍的男人，浑身上下都打着补丁，头戴着一顶破破烂烂的小帽……外表完全是个小市民，他背冲着我，正在那儿刨白菜。我走到他跟前。我说：'您就是某某人？'他转过身来了——我跟诸位讲的全是千真万确——那一双透人灵魂的聪明的眼睛我平生从未见过啊。可话又说回来，那整个的脸只有拳头那么大，尖尖的胡子，干瘪的嘴巴：完全是个老头。'我就是某某，'他说，'您找我干什么？'我说：'我要干什么。'这时候我把便条递到他手里。他目不转睛地瞧了我一阵，然后才说：'请到屋里，没眼镜我不能读字条。'好吧，我就跟着他进了那简陋的屋子——不折不扣的简陋哟：寒酸、一贫如洗、歪歪倒倒的，也就勉强支撑着呢。墙上旧的圣像漆黑漆黑，只有圣像上的一双眼睛在放光。他从小破桌的抽屉里取出一副铁架的圆框眼镜，架在自己的鼻梁上。他读完字条，又透过镜片打量打量我。'您有什么事有求于我吗？''正是有求呀！'我说。'好吧，'他说，'求什么呢，请讲吧，我们洗耳恭听。'请诸位想想这样一个场面：他自己坐下了，从口袋里掏出一块满是窟窿的大方格子手帕，平摊在他的髁膝盖上，还那么威严地审视着我，简直像一位什么枢密官、大臣似的，也没让我坐下。更叫人奇怪的是，我忽然觉得，我害怕了，那么害怕哟……简直吓得魂都没了。他用眼睛把我从里到外都看穿了，一点不漏呀！但是我还是竭力克制住自己，讲述了我的全部遭遇。他沉默了一会儿，畏缩了一阵，呷呷嘴唇，那样子俨然是一位枢密官呀，他不慌不忙地问我：'您贵姓？年龄？双亲是什么人？独身还是已婚？'后来，他又吧嗒吧嗒嘴，皱了皱眉毛，举起一根手指头说：'向至高无上的圣像，向索洛维茨基的贞洁的圣贤佐西玛和萨瓦吉耶①叩头吧！'我赶紧跪倒在地，就这么再也没敢起来；对这个人我感到那么害怕，只能俯首听命，好像是，不管他命令什么，我都会立刻照办！……先生们，我看见了，你们在笑我呢！可我，那会儿可一点也笑不出来，唉，唉。'起来吧，先生，'最后他终于说了，'可以给您帮助。这不是神降给您的惩罚，只是一点告诫；这嘛，就是说，有人在保佑您；肯定，有人在替您祈祷。您现在快到市场去，给自己买条狗——狗崽子。那条狗您要时刻带在身边，白天晚上寸步不离。您的幻象就会消失，此外，那条狗将来对您会有用的。'

---

① 佐西玛和萨瓦吉耶是基里尔－别洛泽尔斯基修道院的两个修士，他们二人于15世纪创建索洛维茨基修道院。

　　"顷刻间，简直就像一道阳光照亮了我：这话使我多么高兴哟！我向普罗霍雷奇行了礼，转身要走，可又想起来，我不能不谢谢他呀；我从钱袋里掏出三个卢布送上去。不过，他把我的手推开，对我说：'请您捐给我们的小教堂吧，或者分给穷人们，为人效力，不必报偿。'我又向他行了礼——差点没鞠躬到地——即刻我就上市场去啦！你们能猜到吗？就在我刚走到小铺那儿，就看见迎面一个穿粗呢大衣的人朝我跑来，他腋下夹着一条小猎狗儿，两个月的样子，棕色的毛，白嘴唇儿，两个小白前爪儿。'站住！'我冲那人喊道，'这狗卖多少钱？''两个卢布。''给你仨卢布！'那家伙大为惊讶，他大概想，这位老爷疯了；可我，把钱塞给他，抱起小狗崽儿，就上了马车！车夫加劲儿赶路，这天晚上我就到了家。一路上小狗崽儿都偎在我的怀里——它叫一声该多好——我一再地唤它：'小特列佐尔！小特列佐尔！'到家立刻就喂它吃的，喂它喝的，吩咐下人拿麦秸给它铺好窝儿，把它放好，我自己也一下子就上了床！我吹灭了蜡烛：屋子里黑了。'好吧，'我说，'开始吧！'一无声响。'开始呀，'我说，'这么那么的，来呀！'一点没动静，简直像开了一场玩笑。我可来劲儿了：'来吧来吧，怎么啦，照样干呀，爱怎么干怎么干呀！'那玩意儿没影儿啦——够啦！就只听见小狗崽儿在喘气儿。'费利卡！'我喊道，'费利卡！到这儿来，傻瓜蛋！'那家伙进来了。'你听见有狗吗？''没有，'他说，'老爷，我啥也没听见。'他说着，自己也憋不住笑了。'你再也听不见了，'我说，'赏你半个卢布喝酒去！''吻您的手！'那傻瓜说着，黑咕隆咚地爬到我面前……

坦率地跟你们说吧，我可太高兴了。"

"就这样全部结束了？"安东·斯杰潘内奇问道，脸上没有讽刺的神色了。

"幻象没有了，确切无疑——再没有什么操心的啦——哎，请等等，可这件事还没完呢。我的小特列佐尔长大了，这家伙变得可狡猾啦。长得又肥又壮，大尾巴，大耳朵垂着，大嘴厚厚的——一头真正的'猎犬'。再说，它紧紧地缠着我。我们那地方，打猎并不理想；嘿，既然养了猎狗，就得备杆猎枪。从此，我就带着我的特列佐尔四处溜达：有时打只兔子（真的，它连兔子都撵得上，我的上帝！），有时打只鹌鹑、野鸭子什么的。而最为重要的是，特列佐尔和我寸步不离。我上哪儿，它就上哪儿；甚至去澡堂子我还带过它，真的！正是因为它，因为这个特列佐尔，我们那儿的一位太太把我从她家客厅赶了出去。那一回我可大发雷霆了！打碎了她家所有的玻璃哟！唉，那一次，是夏天……特别要对诸位说的是，那年的干旱呀，谁也没见过，前所未有的呀！空气里不知是烟还是雾，散发着一股烧焦的糊味儿，一片昏天黑地，太阳呀，像颗烧红了的火球，灰尘使人连喷嚏都打不出来哟！人们光是张大嘴喘气儿，走起路来活像是乌鸦。我一个人在屋子里待得太闷了，身上没有什么衣着，坐在关得严严的百叶窗前头。顺便说一句，那热劲儿开始降低了……我走出去了，可敬的先生们，到我的一个女邻居那儿去了。这个女邻居住得离我一里地左右，应该说她是一位有教养的太太。她风华正茂，外表迷人；就只是有那么点儿喜怒无常。当然这在妇女们身上也不算什么缺陷，甚至还更招人喜欢呢……我终于来到了她家的台阶前——
我觉得这趟旅行太吃力了！喏，我心想，一会儿尼姆佛朵拉·谢
苗诺夫娜就要端给我一杯橘子水，或者别的什么清凉饮料啦——
眼看我的手已经拉着门把手了，突然，仆人的房后响起了脚步声、
尖叫声、小男孩儿的喊声……我回头一看，我的天哪！一头巨大
的红色的猛兽照直朝我扑来，我都没认出那是一条狗：只看见张着
的大嘴、血红的眼睛、浑身竖着的毛……我没有来得及喘口气儿，
这个怪物已经跳上了台阶，两条后腿直立，当胸朝我扑来——什
么样的险情呀？我吓傻了，手都抬不起来了，完全昏过去了……
我只看见数不清的白獠牙在我鼻子尖上晃，血红的舌头沾满了泡
沫。可是，就在这一刹那，一个黑乎乎的东西，像个皮球似的在
我的眼前腾空而起，这是我亲爱的特列佐尔在守护着我呢；它呢，
像蚂蟥似的咬住了那个野兽的喉咙！那家伙低声吼着，喀喀地咬
着牙，掉头就跑了……我猛一下掀开门，跌进了门厅里。我站在
那儿，自己也不知怎么回事，用全身的劲儿把门顶住，可我听见，
外边正在发生一场决死的战斗。我喊起来了，喊救命呀；全屋的人
都乱成一团了。尼姆佛朵拉·谢苗诺夫娜披头散发地跑来了，院
子里好多嗓子在乱嚷嚷。忽然，听见一声喊：'抓住，抓住，关上
院门！'我推开门——这样儿，只稍稍开了点缝——往外瞧了一
眼：那怪物已经不在台阶上了，好些人正满院子乱跑，挥着手，从
地上捡起木头棒子，像发了疯一样。'朝村里跑了！它朝村里跑
了！'一个村妇戴着好大好大的帽子，从天窗上探出头来在尖声
叫喊。我走出了屋子。'特列佐尔在哪儿？'我问，当场我就看见

了我的救命星。它从院门那边走来，瘸着腿，全被咬伤了，流着血……'怎么回事，到底怎么回事呀？'我问那些人，可他们都着了魔似的只顾满院子瞎跑。'疯狗！'他们冲我说，'伯爵家的，从昨天就在这儿乱窜了。'

"我们有个邻居，是位伯爵；他从国外带来一些洋狗，特别的凶。我的两条腿直哆嗦；连忙跑去照镜子，左看右看，看咬着了我没有。没有，感谢上帝，一点没事儿！只是我的脸色都变成青的了；这时候尼姆佛朵拉·谢苗诺夫娜躺在软椅上，像母鸡似的一劲儿地咯咯叫。这明摆着是：第一，神经质，第二，敏感激动。喏，瞧，她清醒过来了，有气无力地问我，活着吗？我说，活着，特列佐尔就是我的救星。'哎呀，'她说，'多么高尚呀！那么说，那疯狗把它咬死了？''没有，'我说，'没咬死，但伤得很重。''哎呀，'她说，'这种情形之下应该立刻把它弄死呀！''啊，不，'我说，'我绝不能同意；我要想尽一切办法把它治好……'就在这时候，特列佐尔在外头挠门；我准备给它开门。'哎呀，'她说，'您干什么？它会把我们全都咬伤呀！''得了吧，'我说，'疯狗的毒不会散得那么快。''哎呀，'她说，'这怎么行！您简直缺乏头脑！''尼姆佛奇卡，'我说，'安静点，请听听这道理……'可她忽然大吼起来了：'您走吧，现在就和您那条讨厌的狗一块儿走！''我就走。'我说。'立刻就走，'她说，'一分钟也别耽搁！离我远点，'她说，'强盗，从今往后再也别让我看见你，你本人也会变成疯子！''那太好啦，'我说，'可是请给我派一辆马车，因为现在我不敢步行回家。'她下死劲地盯着我。'给他，给他四

轮马车，轿车，轻便马车，要什么给他什么，只要他快点滚。哎
呀，瞧他那眼神儿哟！哎呀，瞧他那眼神儿哟！'她说着这么一
串词儿就从房间里跑出去了，正巧和一个小妞撞了个脸对脸——
我还听见，她又发了一通火。先生们，你们信也罢，不信也罢，
反正从那天起我和尼姆佛朵拉·谢苗诺夫娜的一切交往都中断了；
而经过反复地考虑我更觉得，在这种情形之下我必须加倍感激我
的朋友特列佐尔，至死不忘这恩情。

"唉，就这么的我吩咐套上四轮马车，让特列佐尔也坐里边，
就回家了。到家我好好查看了它，给它洗干净了伤口，同时我打
算明天天一亮就把它带到叶佛列莫夫县去找那个巫师。这个巫师
呀，是个怪里怪气的老男人：他对着清水念咒，听人私下说，他往
清水里放了毒蛇液，病人喝了，百病消除。乘此机会，我也想到
那儿去给自己放放血：放血能治胆怯症，不过不是从手上放，而是
从虎口放。"

"虎口在什么部位？"费诺普连托夫先生好奇又不大好意思地
问了一句。

"难道您不知道？就是这个部位，在拳头上，大拇指根儿，就
是从烟盒里往这儿倒鼻烟——就这儿！就放血而言，这儿是最好
的穴位；您想想看：从手上放血，血是静脉管的，而从虎口放血，
则是淡淡的。那些医生根本搞不清，也不会；那些寄生虫，德国鬼
子，他们怎么能懂这些呢？好多铁匠在试着干。他们干得是何等
的巧妙呀！放准凿子，用钉锤那么一敲——全齐了！……喏，我
自个这么想着想着，院子里天全黑了，先去睡觉吧。我上了床，

特列佐尔呢，自然，也在旁边。然而，不知是由于害怕，由于闷气，由于跳蚤还是由于思虑过度，我就是睡不着，怎么折腾也睡不着！苦闷到了顶点啊，简直难以形容！水我也喝了，小窗户也打开了，还抱着吉他弹了《卡玛林舞曲》的意大利变奏曲……没用！逼着我离开屋里，简直受够了！最后我下了决心啦：抱着枕头、被子、床单，一气儿穿过园子钻进了干草棚子，就地躺下了。顿时我感到真痛快呀，先生们。夜是悄悄的，那么悄悄儿的，只有阵阵的风儿像女人的手在抚摸你的脸蛋，空气新鲜极了；干草散发出茶叶般的清香，小鸟在苹果树上喳喳；忽然有一处传来一声鹌鹑的鸣叫。这时你就觉得，它这个小家伙美滋滋的，和女友在一起待在露水之下……夜空是这么灿烂：星星在闪烁，时而有云儿飘来，白色的，像棉花一样，在轻轻移动……"

故事讲到这儿，斯克渥列维奇打了个喷嚏，基那列维奇也打了一个喷嚏。基那列维奇在任何时候，干任何事都跟他的朋友一样。安东·斯杰潘内奇赞许地瞧着他们俩。

"就这么的，"波尔费利·卡皮托内奇继续说，"就这样，我躺着，可照旧还是睡不着。一个念头总是纠缠着我：我更多的是思考深奥难解的问题。我想，这个普罗霍雷奇已经告知了我关于预兆的事，可是为什么这些怪事偏偏要发生在我的身上？……令我自己惊奇的是，我自己一点也闹不明白。这时候特列佐尔一声一声地尖叫着，它蜷缩在干草上：要知道伤口在折腾它呀。我还要对诸位说，是什么东西妨碍我睡觉——我说出来，你们也不会相信：是月亮！月亮就挂在我面前，圆圆的，大大的，黄黄的，扁扁的，我觉得，它目不转睛地死盯着我，天地良心，真让人讨厌！
它那么厚颜无耻，死乞白赖的……最后我甚至朝它伸伸舌头，真
的。喏，我想，有什么好看的？我转身躲开它，可它往我耳朵里
钻，把我的后脑勺照亮，它像下雨似的淋着我；我睁开眼——怎么
搞的？草堆上的每一根草，每一块糟木片，每一丝蜘蛛网，都这
么清清楚楚，这么清清楚楚的呀！嘿，也就是说，尽情地看吧！
反正也没什么事做；我把脑袋枕在手腕上，欣赏起来。可是不行
啊，你们相信吗，我的眼睛就像兔子的眼睛似的，这么凸着，这
么一张一闭——一切全都模模糊糊，仿佛看不清是一种什么梦境。
如此状况，就好像是我的眼睛能把一切都吞掉。草棚的大门敞开
着，五里以内的田地都真切可见：又清楚又不清楚，月光下永远是
这样。我就这么看哪，看哪，连眼皮都不眨一眨……突然我觉得，
好像有个什么东西在动——很远，很远……就像幻觉一样。过了
那么一会儿，那团阴影又出现了，已经移近了一点；后来，更近了
一点。我想，这是什么呀？是兔子吗？不是，我想，这东西比兔
子大，而且也不是兔子的跑法。我再一看，阴影又现出来了，它
已经出现在牧场上（那个牧场在月光下是淡白色的），这家伙好
大一团哪，事情明摆着了：是野兽，狐狸或者是狼。我的心发紧
了……你以为怎么，我大概真的害怕了？其实，到了夜里，各种
各样的野兽在田地上跑的事还少吗？好奇心更甚于恐怖；我抬起
身，睁大双眼，忽然觉得自己浑身发冷，我傻了，就像整个身子
给埋进冰窟窿里了，这怎么回事？老天爷才晓得！我看见那团阴
影越来越大，很明显，它是照直朝草棚子滚来了……这时我明白

了，它确实是个野兽，大个的，大脑袋的野兽……它像一阵风，像一颗子弹冲过来了……我的天哪！这是什么？它猛的一下停住，好像嗅到了什么味儿……这……这就是白天那条疯狗！是它……是它！上帝呵！可我，到这时是动也动不得，喊也喊不出……它蹿到门口，两眼一亮，怪叫一声——踏着干草朝我扑来！

"可是，这时我的特列佐尔像一头狮子似的，从干草垛中蹿了出来。瞧它！它们俩死死地咬在一起，在地上滚成一团！那时还发生了什么，我不记得了；我只记得，我连滚带爬地从它们身上跳过去，穿过园子，直奔屋子，到了自己的卧室里！……差点没钻到床底下去，这一点我不隐瞒。我是那么狂奔乱跑，那么连滚带爬地跳过园子呀！就像拿破仑皇帝命名日上他的首席女舞蹈家在跳舞——嘿，就连她也追不上我。但是，当我稍稍清醒过来，我马上把全家的人都叫了起来；吩咐全体武装起来，我自己也提了马刀，带上手枪（说实话，这支枪是我在农奴解放后不久买的，你们知道，这是准备于万一——不过就是碰到了一个黑心的商贩，三发子弹必定有两发打不出去）。喏，我就这么全副武装，我们这群人，扛着棒子，提着马灯，直奔草棚。走到跟前，我们喊了喊——没听见声音；最后，我们走进棚子……我们看见了什么呀？我可怜的特列佐尔躺在那儿，它死啦，脖子被咬断啦，而那家伙，那个万恶的东西，连影儿都没啦。

"当时我呀，先生们，我像牛犊子一样放声大哭起来，我可以毫不害臊地告诉你们：我扑在救了我两次命的，这么说吧，救星身上，我抱着它的头亲哪亲哪。在这种状态下我不能自拔，直到我那年老的女管家帕拉斯柯菲娅使我恢复了知觉（她也是听见吵吵嚷嚷的声音跑来的）。'您这是怎么啦？波尔费利·卡皮托内奇，'她低声说，'为一条狗这么悲痛万分？您可别再着了凉，上帝保佑。（我当时穿得是很单薄的！）如果这条狗为搭救您送了自己的命，那为此给予它最大的仁慈和敬重就行了！'

"虽然我不赞同帕拉斯柯菲娅的见解，我还是回家去了。而那条疯狗第二天就被警备队的一个士兵开枪打死了。它寿终正寝的日子到了：尽管这士兵因一八一二年得过奖章，可是有生以来还是头一回开枪呢。这就是发生在我身上的那件超乎自然的事件。"

讲故事的人沉默了，只管装自己的烟斗。我们听的人都疑疑惑惑地互相望着。

"看来您这一辈子尽积德了，"费诺普连托夫先生开始说道，"这是报应呵……"说到这儿，他讷讷地住了口，因为他看见波尔费利·卡皮托内奇绷得紧紧的脸通红，眼睛也缩成了一条缝——他马上就会扑哧一下笑出声来……

"假定可能存在那么一种超乎自然的东西，而这种东西又能左右人的每天的生活，"安东·斯杰潘内奇又开始说，"那么，人类健全的理智在这种时候应该起什么样的作用呢？"

我们之中谁也无法回答，因而我们仍像通常一样处于迷惘状态。

［译自《屠格涅夫全集》（二十八卷本）第九卷，苏联莫斯科－列宁格勒科学出版社，一九六五年版。］

阿里娜和她的外祖母

〔苏〕M.罗申　著

谌容　译

高莽　校

　　……是七年级的时候，不错，是从七年级就开始了。我们恰巧住在一个区，学校也紧挨着，只隔着五条街。他在六十五中，我在五十七中。

　　春天来临，天气刚刚暖和一点，学校就让我们到甫里亚明柯夫公园去上体育课——那是在塔甘卡，那儿有一个小小的儿童乐园——喏，有一次，我们去的时候，正碰上六十五中的学生在那里打排球。虽是五月初了，天气还有点冷，可学生们已经穿着背心和短裤。地上已透出绿色，我清楚地记得，小草儿青青的，天上飘着白云。就是在那里，我第一次见到他，没有错，是在七年级的时候。

　　他跑着，笑着，传着球——他身上总有点什么与众不同的地方。那么个小男孩子，手上却戴着手表。手表在那年月还是稀罕的东西呢——喏，特别是在这种年龄：凭这手表——就够你爱上的啦。不过，这里边没有手表什么事儿。看得出来，他在自己那一群人中间是个宠儿，是个喜欢出点子、爱说俏皮话的人。他们的球赛应该结束了，我们站在旁边等着。他一跑——大伙儿就跟着跑，他一回来——大伙儿就各就各位。我呢，变得像块石头似的。他就在跟前，就这样子，在我鼻子面前，在地上拍球，就像打篮球似的。他一边躲过孩子们，一边冲我挤咕眼儿，好像在说，瞧着吧，看我怎么对付他们。果然，他声东击西，虚晃几下，沿着球场飞奔而去，跑在所有人的前面。这时，我觉得天旋地转，天地良心，我犯了病。我有生以来还从未发生过这类事。我的女友洛尔卡，卷发的漂亮的洛尔卡，我们俩坐在一张课桌上的。谢谢她，多亏她这时扶住了我，不然，我真会咕咚一声栽倒在地。"小阿里娜，你怎么啦？"要知道那时我们还完全是小姑娘呀，才十四岁啊。喏，这时轮到我们上场了，体育委员济玛吹响了哨子，必须上场去——我们也穿着背心，光着瘦瘦的、一冬天捂得白白的双腿。那会儿没有短运动裤，我们穿的是男人的短裤，扎起来像灯笼裤似的……好歹我总算清醒起来，朝后一看，只见他们六十五中的，已经在他们的长凳子那儿穿衣服了。他正一只脚着地，使劲把裤子提上去——我明白了，已经过了好一阵子了。我又朝他看，他又在那儿说俏皮话，是大家注意的中心人物。我在看他，而洛尔卡却在看着我，这时我脸红了，低下了头，可又自己对洛尔卡说道："这个男孩子一定会属于我。"洛尔卡根本没弄懂怎么回事，问道："什么？什么？"的确，这对我自己也是一句奇怪的话。首先，不管怎么说才七年级的学生，什么叫"属于我"呀？总之我说这种话太奇怪了，太蠢了。我也不知道，这句话怎么会违背自己的意志，脱口而出。可是，我仍然又重复了一次：

"他将属于我。"一辈子我都记得这话。那时真是一个铁打的小姑娘！"他将属于我"，就是如此！……

这事就这么开始了。三年中我都想念着他，整整三年！但是没有做出一般女孩子的傻事：没有写过纸条，没有打过电话，没有在任何地方等过他，也没有到处去乱找他。何必呢？反正"他将属于我"。我像只小猫似的不声不响。我给自己划了一道线，只等到上十年级的时候。等我十年级毕业，十七岁——就行了。更何况不是十七，而是十八。八岁他们才让我上学，怕我这脆弱的孩子经受不了学校的生活。我非常沉着地控制住自己，同时对于他的情况掌握得一清二楚，我利用一切消息来源。我开始和住在我们大楼里的列乌什卡·克留乞来往——他也在六十五中上学，正巧和彼佳同班。好心的"银钥匙"——不知为什么他有这么一个绰号——把什么都告诉我：他上哪儿了，什么时间，跟什么人，干了些什么。列乌什卡是个厚嘴唇的、可爱的、很好的人，我们两家的别墅也挨在一起。我们两人的父亲都在航天工业部门工作。我们的住宅都是机关的，叫"飞鸟公寓"，连郊外的别墅也叫"飞鸟别墅"，别墅在尼哥尔斯克。是啊，我一睁眼——我的上帝！——我就能看见我们俩的学校，他的和我的；看见冬天堆着积雪的胡同；夏天满是碧绿的菩提树，还有甫里亚明柯夫公园。当然，他什么也不晓得，也不会想到这些，可是我也从来没有想过：他对我会有什么看法？万一他不喜欢我呢？我只朝着目标走去，别的什么也不管。

当然，我还是经常碰见他：有时在公园，有时在电影院，有时在学校的晚会上。要知道我们是住在一个区里呀。在莫斯科这样的大城市里，说来也奇怪，住在一个区里的人们，就像住在小城市似的谁都认识谁。每一次碰见他的时候，我都想起自己说过的话："这个男孩子将属于我。"

每逢晚会总有些男孩子围在他左右——照列乌什卡的说法，他们都是班上最优秀的学生。当他们玩邮信的时候，总有一大堆纸条子寄给他。他们厚颜无耻地一块儿来读这些纸条，然后一块儿来回信。于是他们这一伙，被大家称为"上流社会"的人们，就东倒西歪地哈哈大笑，然后又突然傲慢地退出晚会：他们似乎有自己的、更有趣的节目。遇到这种时候我的情绪就很坏，好长时间转不过来。现在我对他们已经很熟悉了：一个高个子、红黄色头发的叫若拉·伊林，另外一个小个子戴眼镜的叫米什卡·什彼格尔，第三个胖墩墩、脸蛋挺漂亮的——总穿得很时髦，嘴里叼着烟卷儿——叫雅沙·马斯连尼柯夫。列乌什卡曾经赞美说：他们是我们当中最聪明、最有才华的人。然而他们的外表看来呢：照学生流行的说法，是一群自命不凡的家伙。

只一个夏天他变化很大，个子猛地长高了，头发剪短了。直到冬天他也不戴帽子，穿着绒线衫和靴子逛来逛去，显得愁眉苦脸的样子。这时他急急忙忙上哪儿去，已经不令人觉得奇怪了。他眼睛总是看着自己的脚底下，或者干脆就直视前方。说真的，这种时候我反倒怕他看见我了。我可怜他，想知道他到底是怎么啦，我又跑去找列乌什卡。他的确是出了点事：一方面他被学校停课一星期，因为和那个历史教员吵了一架；另一方面是他父亲遭了不幸——他不是遇难，就是被关进了监牢。

有一次在电影院，影片开映前，有人指着一个完全成年样子的姑娘——十七中学九年级的西尼琴娜说："彼佳·舒瓦洛夫跟她很要好，她是属于舒瓦洛夫的。"我呆住了：一张冷若冰霜的、漂亮的、黑黑的脸，照外婆的说法，她已经完全"成熟"了——跟这种人不只是交朋友了。可我仍然一点儿也没显露出来，我等待着：反正"这个男孩子将属于我"。我知道他的家：我经常走过他家的门前——那是市场旁拐角的一幢又旧又暗的五层楼房，门洞又潮湿又狭窄。从我家到那儿只用坐两站电车。

我还知道他的电话号码，有一回——只有一次！是洛尔卡劝我打的。我用阴沉沉的声音说道：跟您通话的，是一个您认识的姑娘，您猜是谁。洛尔卡站在旁边，咬着手指免得笑出声来。我们是用公用电话打的。要是给外婆知道了，她不定怎么看不起我呢。他粗野地说："请您给自己找点有趣儿的事干去。"——说完就挂上了。起初我以为这话是针对我来的，后来才想明白了：他根本不知道是谁打的。我甚至高兴了：他就是这样轰走不认识的女孩子们。

十年级终于来了。

"三八"妇女节那天，我们学校决定举办一个盛大的晚会，邀请邻近的学校参加。我们的女校长克拉芙祖尼娅倡议全区的学校联合主办。不知为什么女校长总认为我是学生中最好的榜样之一，而且经常叫别的学生看我是多么整洁，多么会弹钢琴，这真叫人难为情。根据女校长克拉芙祖尼娅的提议，我被选为晚会主持委员会的成员。我们决定邀请音乐学校的学生或者是苏沃洛夫军事学校的学生——这是一桩大事啊。这次晚会我们准备了将近一个月，为了买花我们组织募捐，组织演出节目。那一天到了——全都来了。"三八"节！小伙子们穿着白衬衫，系着领带，音乐学校的学生身穿制服，姑娘们都打扮得漂漂亮亮的。只有他一个人穿着绒线衫，旧的，黑颜色的，看得出来是染过的。衣服领口很大，他用左手轻轻把领子提到喉咙那儿。但他那一双眼睛仍然像平时那么快活，带着嘲讽的笑意。我早就知道，今天就要结束我的等待，可能，我就要和他相识。到那时——如果人们能预见到自己的目的，欲望是多么不断地增长呀！——我就可以尽情地望着他，想看多久就多久。那天晚会上，我曾非常地自信，从未感到过自己是这么成熟、大胆、自由，同时我也明白，我应该被人喜欢，应该引起别人的注意。这还因为我毕竟是晚会的主持人之一。人们不断地朝我跑来，没完没了地问这问那。我安排着，忙来忙去，整个晚会都是中心人物。一切都按照预期地在进行着，一切都很顺利。

晚会冗长的严肃的部分完了，然后是少先队员编排的《什么样的妈妈都需要，什么样的妈妈都重要》节目，向主席团上的成员献花——克拉芙祖尼娅被感动了，用雪白的小手绢直擦眼角——最后以文艺演出结束，洛尔卡朗诵了诗，我弹了斯克里亚宾的一个曲子——当这一切都进行完了的时候，大家就开始闹哄哄地往外搬椅子，把大厅腾出来跳舞。当我从跛脚的、微笑的列乌什卡那些人身边跑过时，他把我拦住了（我早就知道，知道，一定会这样的！），他就介绍我和他的同伴们认识了。

他们伸出了手，说出了自己的名字，那些名字我仿佛前一辈子就知道了。他们都在微笑，彼此讲些打趣的话。他也伸出了手，也在微微笑着，还带着那么一点矜持。我感到幸福的隆隆声震响了耳膜，也可能是身后的椅子发出的隆隆声——电唱机已经响起来了——我的心也在轰鸣。我轻松地谈着话，对答如流；我自由自在地微笑，顾盼自如，这在我是从未有过的。

这一切大概持续了不到一分钟，可我不能不感到：在生活中我是头一次这么勇敢，这么公开地和陌生人交谈，这在过去也是从未有过的。尽管我身上穿的是"中学生"制服，可腿上是薄薄的长丝袜，脚上是半高跟皮鞋，显得娇俏而招人喜欢——我的十指虽未涂红，却已经过修饰，而且胸罩里还垫上了洒过香水的棉花——妈妈准备到哪儿去的时候，就这么干的，娥尔加也一样——我们这样做全都是外婆教的，为的是把我们造就成女人。我从他的眼神，从他同伴的眼神中看出来，我很招他们喜欢，为此我感到加倍的幸福——眼前的一切都在旋转、晃动。那个戴眼镜的米沙·什彼格尔留着小胡子，一眼就可以看出是经过修剪的，他说："哎呀，弟兄们，咱们抽烟去吧！"于是他们走出了大厅。在门口那儿，他回头看了一眼，别人跟着他也回头看了一眼，都冲我微笑。

后来舞会开始了。除了他们四个人，所有的人都跳了。这时，我已经作为一个朋友，作为一个关心大家的晚会主持人走到他们跟前，问他们，啊，为什么不去跳舞呀？什彼格尔俏皮地说："我们想要喝点什么。"他呢，指着自己的绒线衫回答道："我今天没吸烟。"总而言之，他们都是些自以为了不起的人。

后来，在晚会的混乱之中，我没有注意到他们怎么就不见了。我跑遍了各个角落，只见白衬衣、领带、制服、红红的脸儿，白色的花带闪来闪去，还有从楼梯下飘来的烟雾，就是不见他们四个人。微笑的列乌什卡一瘸一瘸地走了过来。他的胸前别着游戏信箱标明数字的纸条。他什么都懂了，他说："这是惯用的手法——按英国方式不辞而别。"他请我跳舞，那么用心跳着，仿佛腿没瘸似的。他们的离去并没有什么影响，反正我很幸福，起码这一天是幸福的——因为最主要的事实现了——我对自己有了信心。

当我半夜从舞会上回到了家里——列乌什卡送我的——刚一走进房间，外婆转了一个身——我和外婆在一间卧室里——她沉重地喘息着，拉了一下绳，打开了顶上的大灯。外婆高高地躺在她那堆漂亮的枕头上。她穿着玫瑰色的花边睡衣，戴着眼镜，手里拿着书，开着红色的壁灯。我进屋时，她才打开了顶上的灯，并且从她那一堆枕头中间仔细地打量我，一点没有睡意地审视我。而我，不能像以往一样无所谓地、无聊地望望她，竟然抑制不住笑容——我自己也感觉到了：我浑身都在放光，自己也不知为什么这时一定要撒谎，一定要隐藏自己的幸福——我害怕外婆的讥讽——于是，我说晚会举办得多么成功，说我的组织才能怎样地显露了出来。外婆听着，沉默着，可还是那种样子望着我，使我不得不问："喏，你干吗？"外婆也含笑答道："喏，还有呢？"还有什么？我忽然觉得别扭起来，耸了耸肩，忙忙地套上了睡衣。

117

因为外婆总用那种目光盯着我光穿紧身内衣的身子和刚把长丝袜卷起脱下来的光脚。"还有，"我已经站在浴室门口准备进去了，控制不住地回答道，"还有，就是那儿有一个我挺喜欢的男孩子。"

不用说，这是解除外婆的警惕最好的办法：随便她怎么想吧，在一个什么晚会上，有个什么男孩子叫人喜欢——你总说不出这是怎样一个男孩子吧，何况我根本不想讲，因为他是我的。

"啊，啊，是这样。"外婆说了一声之后，当然又问啦，"他是谁？"我耸了耸肩膀就出去了。老半天我没从浴室出来，后来就装作困得要命，想睡觉的样子。为的是别再谈话，让我一个人待会儿，把这一晚上度过的每一分钟回味一遍。

这以后我又很长时间没有看到他。这一个月是在我漫长的等待中最长的一个月。但，我反正知道：这已经没有什么关系了。只不过还应该再稍微等等罢了。现在只需要一点点时间了，一丁点儿就行了。已经上了十年级了。

有一次，我像平常一样地去学校。我已经不穿大衣了，只穿一套烫得很平整的制服——正是干燥、暖和的四月中旬，菩提树眼看就要发绿。圆石砌成的古老的马路和方块碎石拼铺的人行道，老菩提树和房角处的排水管子，这是我从童年就熟悉的两层楼的街道。

就是在这条街上我碰见了他。在我们两人之间没有一个过路的人。他！他穿着白衬衣，刚刚梳过的湿淋淋的头发。他也看见了我，显得很高兴，可是忽然，他又表现出另一种神态，仿佛屏住呼吸在飞翔似的。啊，是他！……简而言之，我们彼此都有好感。我们停了下来。他说："您好！"我点点头，非常轻松完全像开玩笑似的答道："敬礼！"意思说，别以为只有你们会开玩笑，我们也会开玩笑。可说这话的人好像不是我，而是别的什么人。我自己不存在了，消失了，没影儿了，我浑身战栗。我想："好妈妈，我的好妈妈，亲娘呀……"可他却还在品味我那句"敬礼"，显然很欣赏。"我觉得，"他说，"我和您认识的。"真是个好汉。"不，"我故意说，"我不记得。""那就应该认识一下，我叫彼得。"（啊，真了不起——彼得！彼得大帝！）"非常高兴，我叫阿里娜。"仿佛什么事情也不曾发生过，"彼得"这个名字，我仿佛头一回听见似的。其实这个"彼得"，这个"彼"字，早已用各种字体写满了我的练习本和书本上。对了，我还忘了说，我们已经站在那里了，当我们互相走近的时候，他手上正拿着一个苹果在转着玩儿，像扔球似的朝上抛。绿色的挺硬的中国苹果，在春天是特别新鲜的水果。这时他说："啊，对了，阿里娜（谢谢，他记住了！），这名字太好了！"他抓住我的手，把苹果放在我的手心里。"给您。因为您叫阿里娜。"就这么无缘无故的。后来他只是那么令人神往地一笑。"明天见！"他说，"我要迟到了！测验！……"说着就跑了。我仍站在那儿，手里攥着热乎乎的苹果。我明白了："喏，现在一切都好了。"同时我也想，我的生活结束了，也是在这一刻开始了。（事情真是这样发生了——顺便说一句，我经常能预先知道自己将发生什么事。）

我记得，我把苹果带回家去了。那天晚上，我坐在床上，眼睛盯着苹果——一生中我还从来没有这么久地坐着看一个普通的苹果。

第二天早上，我们又在那个地方遇见了——正是差五分钟九点的时候。

……我好像在看一场电影：这就是那条街，一直通向市场。这就是她的学校，红色的砖墙，铁栏栅。这就是我们相遇的地方：莫斯科古老的人行道，街道弯弯曲曲，路上铺着碎石子，长着几棵老菩提树。难道当时菩提树没有开花吗？在我的记忆中，它们一直是开着花的。虽然在四月里这根本不可能。那个苹果在我心目中也总是红的。难道它是绿的？……老实说，女人的思维对这类事总是敏感的。我们只抓住一些实质问题，可这里提的尽是鸡毛蒜皮。

我看见一个十年级的女生，穿着校服，脖子上翻着小白领子。她的脸长得非常一般，只是那一双眼睛被爱情折磨得暗淡无光。真的，她的眼睫毛已经染了染（我觉得），鼻子上也扑了点儿粉（这是肯定的）。我没有想到，再过那么一两个月，这张脸对于我竟会变成世界上最漂亮的脸儿。阿里娜！这个名字我非常喜欢。简直不是名字，而是礼物！阿里娜，阿里娜，阿里娜！

那个时候，我也是一个浪漫的少年！——正在等待和寻找爱情：一会儿在排队买东西的时候爱上了那个售货员；一会儿又钟情于新近上演的片子里的女明星。怎么也不能平心静气地看完书中有关恋爱场面的描写（而且专门寻找这种场面去看）。爱情总是像它到来时一样，会悄悄地离去。有一点是明确的：主体已存在，只欠客体了。

我就这样手拿苹果，在大街上送给了一个陌生的姑娘。我在猜谜：是她——不是她？

是啊，我记得，我总是急急忙忙，嘻嘻哈哈，走路时一会儿唱歌，一会儿吹口哨，活像只小鸟儿。但是，我已经根本不是个小男孩了，内心里已经很严肃了。上学已经上够了，希望去工作，我的理想是参加建筑行业——那时莫斯科出现了几座高楼，那时我觉得：我也应当修这么一座高楼！我父亲就是建筑工人，战争中是士兵。我爷爷是个木匠。——显然，这是遗传性。我的工作、我的理想指引着我——好像我正走向自己的目的——但愿这只是个开端。

期待爱情的来临，这滋味又不好受又难熬，它妨碍我，引诱我脱离正轨，变成了一个无法解决的难题。

呀，你看，就在这个时候，出现了这么一个姑娘！当然啰，第二天我准时又到了那个地方，她……也朝我走来。

……我们开始每天早上见面了：先是上课前半小时，后来是一小时。很长时间我们都没有想过改变约会的时间和地点。当然，这种会面很快被所有的人都知道了。有一次，下雨了，可我们还照样在那儿散步。洛尔卡碰见了我们，她说："啊，大水已经不能把你们冲散了。"

看来，一切似乎都很顺利，可同时又有点儿不对头。有一天夜里，我就从梦中哭醒了。外婆拉开了灯，睡意蒙眬地哑着嗓子问我出了什么事。我记不起梦中的情景，只觉得有些什么事情不能如愿——我竭力想克服什么，可就是没能克服得了——太难受了，直到醒来，我还在为自己梦中的无能和不幸而哭泣。外婆不知什么时候把灯关了。这时窗外已透出青色，天快亮了。我再也睡不着了。以前在这种凌晨的时刻，我从来没有醒过。我有一种奇异的感觉，我就这么躺着，想着自己的生活。似乎我早已知道了一切：今天在我身上发生什么事；明天又会发生什么事；以及将来，五年、十年以后又会发生什么事情。外婆叫了我好几次："你还没睡着吗？"可我不作声。

忽然我想到，他并不需要我。他太沉溺于自己的想法和思考里了。他仅仅是需要一个听众，需要一个完全同意他的想法的人。甚至还不仅仅是同意，而是对他说的一切表示赞赏。我想了，他是没有时间谈情说爱，没有时间去想一个女孩子的。是这样的，但尽管是这样，他还是喜欢我，这是一目了然的事。否则，他为什么这样急于把一切向我诉说？我们每次见面的时候，我只是听着，他总是说呀，说个没完。他说得越多，我就越不敢开口，因为我讲不出什么有趣的事来。而他呢，每句话，每个见解，总必定有些什么不落俗套和出人意料的东西。我第一次见到这样的人（外婆除外）。他能这样按照自己的观点来评判世界上的一切事物，甚至敢经常跟历史学家争论。一般来说，他主要的观点是：学习已经够了，感谢上帝，学生式的闲散生活应该结束了。他说，在国内战争和卫国战争时期，人们十六七岁就已经做出了伟大的事业。可我们呢，照他的说法，"头脑健全的人"却一点正事不干，只会用课桌课椅磨破裤子。他没完没了地重复"应该工作，工作"。

在生活中我从来没有过类似的想法。我只是争取自己规规矩矩的四分和五分。如同我从没怀疑过二加二等于四一样。我从不怀疑奥涅金是个二流子，是个"多余的人"，因此是个坏人。我也从不怀疑我们的一切都是非常美好的。至于诗歌，我根本从来就不懂。普希金，莱蒙托夫，我当然是知道的。马雅可夫斯基的诗，我可就一点儿也读不懂了，因此，我也忍受不了这个人。我喜欢西蒙诺夫，还有外婆常读的那个那德松①。一句话，我觉得自己是个无知而平凡的姑娘，因而配不上他。

从那忘掉的梦中，给我留下了这样的印象。

这种模糊的概念，久久地缠着我，我感到难过。这一点，洛尔卡察觉到了，外婆也察觉到了，只有他没有察觉。他的生活和我的生活目前还像以往似的各不相扰，就好像一张纸上画着的两个圆圈，它们只是轻轻地撞击了一下；或者像两条平行的线，需要在一定的时候归结到同一假设的点上，但暂时还是分开的。他怎样生活，他是个怎样的人，我都不知道。但我感觉到，和我相比较，他的生活完全是另一种方式的。

然而，不管我想些什么，希望还是只有一个：就是见到他，和他说话。其他的事，过去认为是每天的头等大事——学校、功课、吃饭、娱乐——现在都退到了次要的地位了；等待变成了主要的事：何时见面？

---

① 俄国诗人（1862—1887）。

有一天放学之后，他遇见了我。我们就在学校的小院子里坐了坐，后来他送我回家，于是我请他到我们家去。"没什么关系吧？"他问道。"瞧你说的这傻话。"我说。我希望外婆见到他——看看他给外婆留下什么印象。当然我心里也很害怕。

家里正等着我吃饭呢，外婆听见了生人的声音，就离开了她那把老式的圈椅到前厅来了。我给他们互相介绍了。外婆从头到脚地打量着他，我也不由得用她的目光看了看他。可能是第一次注意到了他那挽着袖筒的旧牛仔上衣；那条下部磨破了、屁股上打着补丁的裤子；长长的、好久没有理发的后脑勺；还有那双笨重难看的靴子，穿着它肯定很热，也不好走路。

在这种情况下我就说，外婆可以去歇着，我们不想打扰她。可是外婆根本不听我的。"你们，肯定想吃点东西吧？"她完全按自己的方式问话，就像平时问我姐姐娥尔加的朋友似的。他呢，立刻就答应道："啊哈，"他说，"大概是年龄的关系，一天到晚光想往嘴里塞……""啊哈，'塞'……年轻人，这是什么表达方式？"外婆用女皇的姿势打开了通向浴室的门，说道，"洗洗手，现在我们就弄点吃的。"他微笑了，看了看我，好像在说，你外婆真不错，挺有意思的。可是我已经有点戒备了，因为我不喜欢外婆根据衣着接待客人的作风。而照她的说法，这是各就各位。我还感到不舒服的是，我自己也用外婆那种目光盯着他看。而且，不管你愿意也好，不愿意也好，他的外表却损伤了我的自尊心。

还不止这些呢：外婆便让我们到厨房去吃饭。每天我放学后都是在那儿吃饭的。今天她让我们去饭厅，让我们在椭圆形的大餐桌旁坐下来。半边桌子已经铺上了浆硬的台布，放着两套餐具。这个房间不朝阳，所以显得既庄严又昏暗，这里有老式家具、枝形大吊灯、地毯、我的樱花色钢琴，以及钢琴上铜烛台里插着的真正的蜡烛。他小声地说："你们家真漂亮！我还从来没见过这样的。"

外婆在用餐，确切地说，她只是和我们坐在一起。家庭女工瓦丽亚从厨房到饭厅跑来跑去，更换那些并不脏的盘子。每一把叉子，每一块切得薄薄的面包都似乎在对他说：看看吧，看看吧，懂吗，你是撞到哪儿来了。他不时望望我，慢慢地、斯斯文文地吃，竭力想做出很随便的样子，但却做得很不成功。

外婆把胳膊肘搁在桌子上，撑住身子，不眨眼地盯着他，毫不客气地问东问西——问那些我从来不问的事：关于他父亲啦，他母亲啦，他毕业之后打算干什么啦。我虽然不想看着他，但渐渐地也和外婆一起看他了。看他怎样吃东西，怎么用刀叉。他用简练的句子平静地回答外婆的话，没有什么"就是""这个""您明白"一类的废话。但还是可以让人感觉到，他是多么紧张，多么注意分寸。他的额上渗出了汗珠，于是他掏出一块皱皱巴巴不干净的手帕来，团在手里擦了擦头上的汗。

关于自己的父亲，他说，父亲关在监狱里已经一年了，和另外几个工人曾被指控对建筑工程中的事故负有责任。母亲虽然以前做别的工作，现在却在邮局干活。自己的成绩不错，但学习已经够了，厌倦了。函授学习还凑合。他说想去参加建筑业，去伏尔加或者安加拉，或者是去军舰上当水兵。

随着他的每一个回答，外婆的头摇得更凶了，并且还那么瞧着我，似乎想跳起来大喊大叫似的。后来她说："喏，怎么说呢，最低限度，和别人不同的是，您起码知道，自己想干什么。"说完，她又那么意味深长地瞧了瞧我。因为那个时候我还没决定报考什么大学：是学医，还是搞地质勘探，或者是去学外语。于是我说："别人希望不要有人干扰他们。"

我想到邀他来家是自己犯了一个错误，让外婆对头一回跨进家门的人就进行了一场考试。后来，我恶狠狠地对她说，这是市侩做法。她一辈子教育我们要有教养，可她自己的行为呢，鬼知道像个什么人。

外婆哈哈大笑起来，说道："啊呀，我的妈呀，你干吗这么发火呀！你不是爱上他了吧，哎？"后来她又说："喏，没什么，这孩子蛮有趣，蛮有趣。这已经是一代新人了，不是下流的家伙（她一贯用下流不下流来划线），也不蠢。没什么，没什么。不过，你跟他不配对。"我又跳了起来："胡说！什么配对不配对！跟这有什么关系！那么谁也不能领到家里来了。一来就是配对，不配对！再说，为什么他跟我不配对，这可真有意思！莫非说，我是公主？"外婆冷笑一声说："喏，第一，老实说，你不是公主，你离公主还远着呢。第二，我是说，不是他对你不配对，而是你对他不配对。对，就是这么回事。别冷笑，你将来会想起我这话的。"我简直疯了，真是新闻，我跟他不配对！那谁能跟他配对呢……

他呢，说来也奇怪，一点儿也没生气。后来我们谈起外婆的时候，他说："嗯，不错，不过，她是一位值得较量的对手。"但是我明白了：今后他到我们家来，未必会敞开心怀了。可我是如此地希望，希望他能使家里的人都喜欢他，让他们理解他、爱他。

有一天晚上我们一起去散步。莫斯科打扮得漂漂亮亮、干干净净，像过节的样子。他到家里来接我，我在等着他。我在门厅迎接了他，想立刻就走。可是妈妈进来了，跟着爸爸也进来了，我不得不把他介绍给他们。妈妈冷冷地扫了他一眼，有气无力地伸出一只手来，就像她平时把手伸给熟识的男人们吻时的那个样子。而爸爸呢，忽然大声打起嗝来，惊慌失措地望了望妈妈，他已经顾不上我们了："小——女——儿！"妈妈对着我们的背影拉长声音说："十一点以前必须回来！"

他穿着一件暗绿色的短上衣。虽然上衣已经嫌小了，可他穿在身上很好看。白衬衣上没有领带，大皮靴擦得锃亮。在塔甘卡地铁门口，他从茨冈女人那儿买了两枝郁金香花——这是我一生中男孩子送我的第一束鲜花。我们下了台阶，沿着河堤漫步，从桥下穿过去，朝着市中心、克里姆林宫的方向走去。一群姑娘坐在温暖的石头栏杆上，摇晃着大腿。在她们的身旁站着一群小伙子。眼前是一张张脸儿，耳朵里是一曲曲歌儿，还有断断续续的谈话声。我们并排慢慢地走着，彼此相距有半米。一双双的眼睛注视着我们，他们都瞧着我手中的郁金香，并且似乎知道它是从哪里来的。他有趣地讲了昨天他和男孩子们怎么在一起欢庆"五一"节。我笑了，又问他为什么他们的聚会没有女孩子。"怎么没有女孩子？"他反问了一句，又说，"有女孩子。"他笑了起来，可我直想把他的郁金香扔到河里去。"是十七中的吗？"我想起了西尼琴娜，问道。"为什么是十七中的？"他惊讶地问，"是七十三中的。"后来我才知道，根本没有什么西尼琴娜。

我天生的平脚，从来不能多走路，一走路就累。可是从那天晚上起，我忘记了自己的平脚，也忘记了穿的皮鞋还带着高跟。我们可以花几个小时，从塔甘卡走到索柯里尼基再返回来，或者直到彼洛哥夫卡，到新圣母院。有一回我们坐了电车，可他身上一个戈比也没有。我也没有随身钱包。从那时起，我就开始身上带钱，这样我们就可以进公园，买电影票。"请你原谅我，"有一次他说，"我总是没钱，很少有钱的时候。""没关系，"我说，"我有。""当然啦，没关系。"尽管他表示同意，总是有些不好意思。我看出来了，于是尽量不约他去看电影或是乘船。

尽管已经到考试前的总复习阶段了，同学们都像以往一样提心吊胆地在死记硬背，可我们还是逛啊逛的逛个没完。外婆是从来不逼我做功课的，她相信我会按时交作业。这时却嘟囔个没完，说不会有好结果，说我会考不及格。"胡说！"我回了一句就跑了。

我们彼此更习惯了一些，因而我们生活中的圈子也渐渐地靠拢。他，当然喜欢我，否则他为什么要和我一起散步？为什么要为了我抛弃了自己的朋友，而且一味地跟我聊个没完？可他并不爱我，问题就在这里。他并没有爱上我，一切都是我主动的。是我向他作了表白，是我需要他。当时我想，他也会这样的，只是需要稍微再等一等，等一等。可是，叫我怎么能等，当我已经不能没有他的时候？叫我怎么能等，当街上迎面走来的任何一个姑娘都死死地盯着他——我是这样感觉的——而他又会醉心于对方，就像当初醉心于我一样。

只有一次，我在他的目光中窥见了我期待的温情。那天白天，我们坐在亚乌扎河边我们喜爱的街心花园里。那地方离大桥不远，桥上响声隆隆地过着电车、汽车。四周建成一栋栋的楼房，电台的发射台伸入云霄，岸边也有载重卡车跑来跑去。街心小花园是刚刚兴建的，种了一些杨树和细细的菩提树，隔着小树林可以望过去很远。天气闷热，这里空荡无人，我们坐在长椅上，背几何公式。他抽着一种小红盒包装的烟。我说，我想喝点什么，或者吃点冰淇淋。他飞快地站了起来。"你坐一会儿，我马上买来。""不用，不用。"我想阻止他，然而，他能为我跑到什么地方去买冰淇淋，使我心里很高兴。要买冰淇淋就要跑到节姆良卡，或者是到库尔斯克火车站。可他去了。他穿过小花园，上了大桥，站在桥上挥了挥手，又朝前跑去。他踏着那双笨重的靴子，穿着那身卷袖口的牛仔上衣，跑了，消失在纵横交错的街道里了。他是一个普通的男孩子，这样的人街上多得很，又高又瘦的。可是没有人知道，这个人对于我意味着什么。在这一分钟里我觉得那么好，一生中我从未经历过比这更美好的时刻，我又想笑又想哭。我想，让他现在就来吧，让他回来吧，我要拥抱他，要把他的头搂在自己的怀里，真想啊。

过了那么七八分钟，我不断地望着大桥，终于看见了他：他手上拿着白色的纸袋冰淇淋，第一个冲出无轨电车，飞快地朝下冲我跑了来。当他跑到了，坐下了，还喘不过气来。过了一会儿他问道："你……为什么这样看着我？"而我觉得，因为一股柔情差点儿、差点儿就要哭出来。我埋下了眼睛，接过了冰淇淋。他碰了碰我，问道："你怎么啦？"我凝视了他一秒钟，就在这时我看见了，他用多么温柔、多么深情的目光在瞧着我。

还有一次，也是白天，我们忙着去看电影，忽然下起了倾盆大雨。雨下得真大，只有春天，五月初，才有这么大的雨。我们不能避雨了，因为什彼格尔和伊林在那里等我们。现在我已经和他们真正地认识了。雨下得像大瀑布，汽车飞溅起透明的水翅膀，排水管震动得大喊大叫。我们站在门洞里望着这昏天黑地的景象。后来我脱了鞋，他抓起我的手，我们就冲进雨中跑了起来。他在稍前边一点拉着我，我又叫又笑，又喘不上气来，他也像我一样。在门洞里、窗口里和商店里的所有的人都看我们。我们一下子就淋透了。我们穿过大街，穿过急流，水漫到了膝盖上。我们还在跑，他拖着我朝前，朝前跑，我磕磕绊绊的差点没摔倒——他拉住了我，抱住了、扶住了我——我水淋淋的头发都贴在脸上了。我们就这副样子闯进了电影院。我光脚走在瓷砖地上，水从我们身上流下来。我的样子极不雅观：连衣裙贴在身上，手里提着鞋子，脑袋像刚从淋浴的莲蓬头下钻出来的。要是外婆看见了呀！可他却那么温柔地、快活地、感动地瞧着我。我愿意再跑，再跑，再摔跤，为的是让他能再拉住我，扶住我，使我能在一瞬间贴在他的身上。

后来是漫长的，一个接一个非常漫长的考试的日子。我独自复习功课，家里人不准我到任何地方去，十一点准时上床睡觉：我要得奖章。西彼良柯夫连着来了几天帮我复习英语（关于他以后再说）。最后两门考试，我是在别墅里进行复习的。他们四个人在一起复习，后来洛尔卡忽然加入到他们那一群里去了。他们跑遍全市到处打听题目，打小抄，一块儿坐在阅览室里。他们还给我打电话说："我替你使劲。""你可得骂我，明天十二点左右加劲儿骂。"他连讽刺带挖苦地说——为分数吓成这样，可耻。"反正我们能考及格，我认为，得奖章，太庸俗了。"但他自己却是接连得了一个又一个的五分。他决定报考古比雪夫建筑学院。

再后来又是他妈妈病了，我们又不能见面。我住在别墅，觉得累极了。我开始头疼，还流鼻血。洛尔卡坐车来看我，叽叽喳喳说了半天，还说他们都准备来看我，可是谁也没来……后来连洛尔卡也不见了。有一天，我回了城里，给所有的人打电话，可谁也没找到。他把我忘了，他把我抛弃了。

外婆注意到了我这样子，就像平时对姐姐娥尔加唠叨一样对我唠叨："我的妈呀，你别愁眉苦脸的，你读吧，读书吧。我的亲人们，你们没有什么才能，一切靠耐力，靠知识，要靠这个才行。读吧，读书吧。"可我呢，却无时无刻不在想写信，哪怕是写一封普通的短信，只写："请你来一趟，我必须和你谈谈。我不能再不见到你。"太可笑了。简直是达吉雅娜给奥涅金的信。"谁也不了解我，我丧失了理智……"

上帝啊，我是多么清楚地记得这个夏天，这少女的孤独，这别墅里的等待！……中学毕业了，准备考大学，明媚的夏天——还需要什么呢，高高兴兴地活着吧。但是，苦闷到了这种地步，升什么大学，选什么职业，都无所谓了。这有什么区别呢，难道我属于自己？难道我能决定自己的命运？……可是他走了呀，我对自己说：他把我抛弃了。不，这不可能，这是误会。不管怎么说应该写封信。哪怕是这么写："您出了什么事？您身体好吗？外婆也常打听您……"外婆的确问过——真的问过，不过是那种问法——"这个犯人的儿子，似乎，从我们的眼前消失了？"

我很遗憾，开头关于他讲得太多了：说他没钱乘电车，说他坐火车到四十三公里以外的地方去种菜、种土豆。当他打电话时，他从不向接电话的人问好，而是立刻要我听电话。就因为这些外婆曾不止一次地说，你的罗密欧归根结底是个下流的家伙——和现代所有的年轻人一样，都是些下流的家伙。我生气了，回答道：只要我喜欢他，我什么都无所谓，管他裤子上有补丁还是没补丁都不在乎。"他不需要你，"外婆仍不罢休，"他肯定早就跟那些乱七八糟的女人有过关系，我知道这类家伙，看他一次我就够了。"（她在哪儿见过那些乱七八糟的女人呢？）

为什么她如此顽固地要造成我对他的反感？也许，她在那个时候就比我更清楚这一切太严重了？要知道，她的确是聪慧的、狡猾的，看什么都一针见血。你们尽管诽谤吧，事情总会水落石出的。可实际上是应该想一想：他需要我吗？如果需要我，他就不会无影无踪了。或许，他需要姑娘给他的是另外的东西？聊天就是聊天，至于说自己的想法，这和朋友们也能做到。难道年轻的男人，哪怕是结了婚的，就不想找别的女人吗？莫泊桑的《一生》说明了什么？我们恋爱，把人理想化了，把对方看成自己想象的样子，或者自己希望的那样了。其实，他过的是另一种生活。他本人也完全是另外一种人。怎么才能了解真情，怎么才能理解这些？……我想过，如果，他就是想从我身上得到"那个"，这甚至连想一下都太可怕了。其实有什么可怕的？难道我自己就没有盼望过他亲我、轻轻地抚摸我吗？难道我不曾梦想过，他用双手把我抱到一个什么地方，放在草地上，难道没有？……不，不要这么想下去，不要。太可怕了。不能这样想。

那个时候我就这么过日子，想啊，忧郁啊，躺着啊，在窗下外婆的圈椅上坐着啊，读书啊，脑袋里是一笔糊涂账，一切都使我厌烦。直到有一天瓦丽亚出其不意地跑来之前，我都这么打发日子。瓦丽亚那天穿着一件无袖长衫，一手拿着没削完的土豆，一手拿着刀子。她用拿刀的手指着街上，傻里傻气乐呵呵地说："小阿里娜！那儿有人等你呢！"

真的，院子里站着一个身穿牛仔上衣，卷着袖筒的少年，他在桌子旁边跟外婆说话。外婆正在煮果酱，椅子上坐着微笑的列鸟什卡。我把书紧紧揾在胸前，望着他们，一团什么东西哽在喉头，我感到那么幸福。

……春天了，考试了，我们每天早晨见面。我的朋友米什卡打电话来不知要提醒我什么事，可我已经没影儿了。有一次我们来了，碰上了这么大的雨——喏，就像一大块水幕似的。她，当然啰，打着伞，穿着镂空的皮鞋，整洁极了。我呢，湿得浑身直流水，又跑又跳。我不愿意在伞底下走路，不喜欢那样子。我们没注意已经走到学校的场地上了。在四楼的窗口上好多人都挤在那儿看，全是她班上的同学。后来她的女友洛尔卡嘲笑她说："我看见了，水都冲不开你们了……"顺便说说，这个洛尔卡曾经招我喜欢过。有一次我们从阅览室出来，足足聊了三个钟头。但是就在那天晚上，当我拿着一束花跑去和阿里娜会面的时候——她——一下子！——一句话不说，把花扔进垃圾箱，扭头就要走。"怎么回事？为什么？您说清楚呀？""您找我干什么？找洛尔卡去。"啊，原来是这么回事。我们并没有接过吻，什么事都没有。我也奇怪我们是怎么回事，互相之间总是这么称呼"您"，太可笑了。

那个夏天，在别墅，尼哥尔斯克。我开始坐车到他们的别墅去。结识了外婆，他们家养的动物可真棒：小猫梅什卡和小狗哥什卡——外婆这么叫它们——她的外婆真是个独一无二的"帝国的残余"。她自己这么说自己。现在这样的人已经没有了。

我似乎又看见了电气火车。每天我乘着它从库尔斯克到尼哥尔斯克。车站的右边是白色的教堂、墓地、池塘和树林。左边是别墅、村庄、幼树林、人造森林和桦树林。这桦树林还没有人高，因此都叫它跳蚤林。现在那里已经属于城区，属于莫斯科的一部分了。好像地铁已经通到那里了。而在那时候，只有这个教堂和村庄。

他们有一块讲究的院子，令人惊叹。根据外婆的怪脾气，院子里有：碧绿的草地，几株老松树——两棵在一起，这两棵树之间可以架上吊床——在院子深处，在丁香和茉莉花丛后边，是绿色屋顶的宽敞住宅。这儿没有菜地，没有田畦，没有马铃薯——这儿是英国式的小草地。他们的邻居，一个年轻的庄稼汉，到这儿为自己的奶牛割过草，割下草就晾在这儿，有两垛草在这里放了一个夏天。为此他给她们家送牛奶。这里可以敞开了跑，在地上打滚，还可以玩古老的"掷环"游戏——用圆圈去套木制的长剑。这儿的栅栏，依我们的生活习惯也很少见：栅栏很低，透空的，从这院子里可以看见街道，从街上可以看见草地和远处的房屋。六月，炎热，沉闷，屠格涅夫式的少女穿着亚麻布的连衣裙，坐在旧式的圈椅里，在凋谢了的丁香花下谈《战争与和平》。尽管她是个优等生，她有奖章，可是据说，考大学都很困难。正是那些获奖的同学总被找去谈话——这比考试还要命。而这个姑娘对文学非常冷淡，她想考物理数学系。她对托尔斯泰一窍不通，现在就更不通了。

家庭女工瓦丽亚把房间的地板擦了，又擦门廊——湿漉漉的台阶闪闪放光，用不了一秒钟，台阶在强烈的阳光下冒着热气，眼看着就晒干了。藤椅和圈椅从凉台上搬了下来，歪歪倒倒地搁在门廊的草地上。一把椅子上睡着小猫梅什卡。另一把椅子下面，达克斯种短腿的哥什卡正躺在那儿伸着长舌头喘气。它的脖子上系着银铃的项圈。外婆待在一张埋在地里的独腿桌子旁边，桌上放着篮子、盘子和铁锅。外婆斜身靠坐在桌边，她面前是一条漆过的结实的板凳。凳子上搁着一个老掉了牙的煤油炉子。煤油炉子上有一个带木把的扁锅，锅里正熬着草莓果酱。简直是童话故事！这一切是在什么地方？……一群蜜蜂嗡嗡在飞舞。院子里到处飘散着草莓热腾腾的香味。到处是被香气冲得昏头昏脑的苍蝇，一下子随便落在一个什么地方。飞虫在阳光下钻来钻去，山雀儿在叽叽喳喳地叫个不停。姑娘半睁着眼在看书，但这一切都在分散她的精力：煮着的果酱，飞舞的蝴蝶，蜜蜂的嗡嗡声和小狗的喘息声。她忧闷地朝街上望去，什么时候我能在那里出现？那不是吗，男孩子们正骑在自行车上摇晃，用嘹亮的声音彼此呼叫；那不是吗，载重汽车在坑坑洼洼的路上驰过，吓跑了鸡群，扬起了灰尘，那一片灰尘恰似金色的云朵在老白桦林的阴影里闪亮。

外婆自己叨叨个不停，但她的话既是说给果酱、煤油炉子；也是说给外孙女和正在擦地的瓦丽亚听；同时又是说给彼埃尔·别素号夫听的。在这一点上，外婆跟阿里娜不同的是，她一生对这个彼埃尔都有自己的看法：他的没有主见、理想主义、温情主义的观点都使她气愤。如果她是娜塔莎·罗斯托娃的话，绝不会嫁给这个窝囊废。外婆认为这种牵强附会的结合是托尔斯泰本人的杜撰，是他把娜塔莎嫁给了彼埃尔，而她自己是绝不会嫁给他的。在外婆的血液里还在议论列夫·尼古拉耶维奇·托尔斯泰——就像议论现代的作家一样。她在童年时代就听大人们说："不对，您读了吗？您读完第四部了吗？我们这个伯爵有点那个呀，唉？……"

外婆戴着一副老式椭圆形眼镜。镜片已经磨损，镜腿是可以折叠的，就跟托尔斯泰和契诃夫时代流行的那种一模一样。她正正眼镜，一只手举到眼镜跟前，用另一只手从勺子里倒点果酱在大拇指甲盖儿上。她的指甲歪歪扭扭，没有血色可挺有劲儿，就像老鹰爪子似的。那滴果酱顺着指甲盖流了，说明果酱还差点火候。

外婆把泛着玫瑰色的白泡沫抔起来，盛到一个大碟子里。那碟子里的泡沫已经堆得像小山似的了。而剩下的底子由于糖浆而变成马林果色——蜜蜂和苍蝇不满意地嗡嗡着，外婆呢，干完了这些事，慢慢朝后一坐，靠在椅背上就软瘫在圈椅里了。她呼哧呼哧地喘着气，可还不停地说挖苦话、发牢骚。

我记得，她老是坐着，要不就是高卧在床上，要不就在圈椅里。在床上，在圈椅里，双脚对她来说，只是从这个坐处挪到那个坐处的工具。她喜欢重复地说："人家问丘吉尔怎么能活到那么大岁数，他回答说：能坐着的时候，我从来不站着；能躺着的时候，我从来不坐着。对不起，我要躺一会儿。"于是她就把自己安顿好了。当她走着、站着的时候，总穿件肥大的衣服，样子活像一个大鸭梨——特别是后脑勺上灰白发结中，玳瑁的老式梳子下，总露出一小绺灰白的辫子，活像梨把儿似的。当她在屋里活动那双沉重的、有毛病的脚时，满房间的东西，包括那特大的黑木餐具橱里各式各样古老的餐具、枝形吊灯架上的玻璃穗和篮子筐子都开始瑟瑟发抖，仿佛惧怕外婆那威严的脚步。

不管外婆往哪儿一坐，都能以她非凡的气势和风姿，立刻使这地方变成她的领地，她的宝座。脚下会搬来小凳，枕头，靠枕，穿珠绣带的钱包，带皮书箧的书籍，药水瓶，吸管，纸牌，包糖纸——糖只有在她一个人待着时才悄悄地吃。她总是拿本书在读，要不就是玩纸牌。她不管到哪儿去，都随身带着一个古老的细皮钱袋。她的手提包上有两个相互交错的小圆球，那是把小锁。毫无疑问，她经常忘了搁在哪儿，经常在找这钱袋——我就不止一次给她找到过。用阿里娜的话说，在这钱袋里有外婆最宝贵的财产：银行存折、圣经、订婚戒指和一包旧信。那是她年轻时一位著名诗人写给她的——但阿里娜说不出这位诗人的名字，她对文学没兴趣。

我是在另一种环境中长大，是在幼儿园和少先队夏令营的苏维埃世界里成长的。快十七岁了，什么纸牌、存折、圣经、订婚戒指，在生活中统统没有见过。坦率地说，诗我也不喜欢：我不明白，本来能说得明明白白的，干吗非要作成诗？

顺便说一句，在她死去之后，大伙儿才想起来似的去找那些信——有个什么博物馆想要——但是因为没什么用处，那些信早被扔了，或是丢失了。亲属和身边的人感兴趣的是存折。

外婆吸引我，那是我不熟悉的时代甚至不熟悉的国家的一张活人的脸。另外，这张脸并不掩饰对我、对我的时代和我的国家的敌意。尽管阿里娜的父亲不过是个航空工程师（就算是位杰出的工程师吧），她母亲在教材出版社编学生课本，可我觉得自己像是保尔·柯察金，跳过篱笆来到富有的冬尼亚家中；或者是变成了马丁·伊登，冲进了百万富翁的家中。

老实说，外婆对待自己的女儿叶列娜·弗拉基米洛芙娜，也像对待一个不完整的、不纯洁的社会中的生物。而对于她的女婿——虽说他是这家的户主，别墅的主人，日夜不息地工作——外婆只是傲慢地称他为"一个平民"。"喏，谢尔盖·谢尔盖维奇吗，他是我们这儿的一个平民。"平民！我们连这样的词儿都忘了。"我也是一个平民。"我真想这样对她说完扭头就走，可我暂时还是沉默了。

不过，后来我才知道了，外婆甚至没把我归入平民的行列。"平民"，按他们标准还不能看成是最不好的。

在他们家还有使我惊讶的是——那些画。头一次我走进去的时候——啊，简直是博物馆！油画、素描，古老的画框。这些画，应该说已经不那么好了。这些画大概并不是什么佳作，不外是挂在委托商行的那些东西。不过在这之前，我从来没有见过。外婆当时就让我知道，这些画是他们的，是她家的，指她家族这一支的。"我是怎样抢救了这些画啊。"她撇着嘴说，"谢天谢地，没有把我打死！他们要个没完！"这个"他们"中，我理解为也包括我在内。

阿里娜——当然啦，她从小对社会活动就非常积极，而且已经进入了学校共青团团委会——关于外婆她就这么直截了当地当着她的面说："你别听她的，她在我们家里是个反革命！"这话仿佛是在开玩笑。这个在我们口语中已经忘却了的词，更燃起了我的兴趣。特别是外婆并没有反驳，而且对这个定论还有那么点儿洋洋得意。

这个外婆对我来说，简直可以称得上一个古老的百宝箱，忽然在自己的院子里发现了它似的。由于自己的无知，我一时还无法知道我所得的宝藏的价值，我甚至叫不出我所见的东西的名称。我像个小孩子似的，说了一长串含混不清的名称，可人家老早在百科全书里就有记载了。因而，至少按一般常情，出于好奇心，迫使我细细观察这宝藏，而不是一脚把它踢开。

她这个"反革命"既没用毛瑟枪打我，也没在骑马飞驰中用军刀砍我——相反，她好像一条困在河滩上的鱼喘息着，请求我给一杯水吃药。于是我就给她倒了杯水。我对外婆的兴趣，就像我们这些男孩子对待德国俘虏的感觉一样，押解着他们去清除废墟、铺设道路、修建战后的第一堵墙。德国鬼子——这不共戴天的仇敌，现在的样子一点也不可怕了。不仅如此，他们还露出一副无家可归的可怜相。太阳下山的时候，他们的队伍满是尘土，在自动枪手的押解下往回走。这队伍引起人们的好奇心，看了又看：这是些什么样的德国鬼子，是些什么人？……

外婆很有特色，脾气古怪，外貌也不同凡响：一个又宽又大惹人注目的鼻子；两道深深的皱纹把嘴唇突出得很明显；肌肉下垂的厚墩墩的脸颊，两只大耳朵——当她坐在那儿玩牌的时候，坠着耳环的耳垂就挨在锁骨上了。后来我才知道，正是这种脸型才被人称之为：纯种。

她的头发已经不是苍白色、铁灰色，而完全是乳白色的了。透过稀疏的头发，显露出雀斑和老人斑来。而她的眉毛，说来也奇怪，仍然是那么又黑又浓，就像骑兵唇上的胡须似的。两道眉毛和老年人的黑眼窝连在一道，黑得让人觉得可怕，就像她的呼吸那么令人可怕。一双黑色的眼睛就从这黑色的眼窝里闪烁着黑色的光芒（或者是不闪烁的）。

我喜欢欣赏她指挥晚上喝茶的盛典。只见她威风凛凛地把茶一杯一杯地递给大家，她的手哆嗦着，杯子在碟子里微微作响。她喜欢镜子，一照就是老半天（"喏，多丑啊！""喏，上帝见了都害怕呀！"），就是坐在桌边也不时去照餐橱上的镜子。那面镜子恰好正对着常坐在桌子正面的主人。她用女性轻盈的姿态一会儿理理领口，一会儿整整肩膀，然后隔着那只古老的花边细瓷碟，倒上几滴果酱。

有时阿里娜也坐在外婆的位子上，她的一举一动和她外婆惊人地相似：也是那么照来照去，也是那么用小手指盖儿把领子弹弹松。

我研究外婆，外婆也研究我。其实她没有什么可研究的，因为一切都明摆着的，不过还是要这么做。我再重复一次，内心里我已经是很严肃的了。我跟这个家庭的精神上的联系，可能，主要是跟外婆，而不是阿里娜，这并不是没有缘故的。

那时我也害怕。我是很敏感的，也希望讨人喜欢，处处也留心——我大概准确地抓住了她内心的活动。那时思想里还形不成一个概念，但已经感觉到了：她在事情临近时的慌乱，她的孤独，面对大自然的无情她内心里的惊慌失措，这一切都传到了我心里。同时也正因为死亡将近，给予了她展露本性的充分自由。她要做自己愿做的事。她要行动——哪怕只是口头上，哪怕只凭自己的威势——除了这两点以外，别的都无能为力——尽管如此——她对每件事都要评判，都要干涉、支配，并借此而生存。因此，连我这个男孩子的注意——也可能，单是我们的在场，就已经使外婆感到了生活的热气。她不想服老。

我记得第一次在他们家吃饭，那是我头次的经历。我们从大太阳下面，从街上跑进屋，只想待一分钟，阿里娜就急不可待地让外婆见见我，哪怕是顺便看一眼呢。就这样我走进了一间半明不暗的、拉着窗帘凉爽的屋子里，来到放着一些书架的窄过道里。幽暗的房间里摆着漂亮的家具，饭菜的香味从厨房透了出来，面前还有——一位坐在圈椅里的老太太。她埋在枕头和被子里，油污的纸牌飘落在地板上，黑桃皇后！……

外婆亲自留我吃饭，她坚持自己的意见，让我坐下，并毫无礼貌地打量我。家庭女工瓦丽亚打开了窗帘，拿来桌布铺上。我竭力想摆脱浑身的不自在，故意开着无伤大雅的玩笑："一般来说嘛，如果讲真话，当然啰，很想往嘴里塞些东西。"阿里娜扑哧笑出声来，好像是说，瞧这是个多么机灵的人。

我和她一块儿去洗手，在盥洗室的一面镜子里我们彼此笑望着，但是考验就在前头。瓦丽亚忙着放上了浆得哗哗响的干净餐巾。外婆在餐厅里，把餐具弄得叮当响，摆放盘子碟子。"哎哟！"阿里娜冲我使眼色，而且差不多是以旁观者的神色在打量我穿着短袖衬衫的身子，好久没理的头发和低垂的双手。她在为我担心，也在生外婆的气：她知道外婆有个毛病，喜欢用怎样的方式来测验年轻人。我也看出来了一点，因而做好了准备。

外婆被自己的洁癖所苦，她总盼望有人跟她说话时用好腔好调。这就是她做人的全部要求。由于疾病、肥胖、上了年纪，她自己洗脸、梳头、穿衣都很困难。她在浴室里洗一次澡就是家里的一件大事，要惊动全家的人。家中的所有女工，包括神圣的瓦丽亚，都会连哭带骂地跑出这个房子。但有什么办法呢，难闻的气味、不干净的衣服、没洗净的杯碟都会使老太太难受以至生病

（那时人们在日常生活中还不懂"变态反应"这个词）。她虽然老眼昏花，可似乎在一里地之外就能感觉到哪儿不好，哪儿有灰尘，哪儿脏了，或者哪儿有腐烂的东西。当她觉得自己的女儿身上洒的香水太多时，就咕咕哝哝地说："蠢货！女人身上散发的应该是纯洁的气息。"有一次阿里娜回忆起自己的外婆时，顺口说出一句："我想，她是因为肮脏才死的。"

的确，外婆病了，一病不起。那时在这个如此巩固的家庭里，发生了一场翻天覆地的变化。叶列娜·弗拉基米洛芙娜在自己五十多岁年纪的时候，忽然宣布了自己和一个院士的关系（他的妻子刚死了），并且提出要和谢尔盖·谢尔盖维奇离婚。阿里娜和自己的姐姐娥尔加那时已不住在家里了。家庭女工瓦丽亚在薄冰地上摔断了手，就回了乡下，多少年来她都准备回乡下去，这次回去，便留下了。外婆由于这一系列的变故也病倒了。这时叶列娜·弗拉基米洛芙娜无心去照料外婆，便把她送进（硬塞进）医院去了。外婆平生没有进过医院，当然，那地方对她的任性的脾气是极不相宜的。她要求出院，回家，但她的生命已经完结了。

跟我们讲清洁管什么用？我们在没有浴室和热水（有时连水都没有）的环境中长大；我们就穿着那么一件衣服，直到穿破为止；用洗衣服的肥皂洗脸；靴子里也满是泥。赫尔答写道："只有长久地过好日子，才能习惯穿干净的内衣。"可我们长久过的是坏日子。

喏，我们就是穿着自己的旧衣服，坐在哗哗响的桌布边，把红木座位向前移一下，这座位都不能称为椅子，移到那张大得吓人的长圆餐桌前了。波浪形蓝色闪金光的碟子直耀眼。印有家族姓氏的带花边的餐巾折成三角形摆在桌子上，像白色的鸟儿落在了沙滩上。那些普通的汤勺都沉得像从钢罐里取出的钢杆，深得像口锅。过去用惯了食堂的铝勺，一摸总是油乎乎的，不知被哪个淘气的手，还在勺柄中间拧成了花。

这样一顿饭，不管你多么小心，总要撒点什么东西，困惑之中碰翻点什么玩意儿，或是被什么鬼东西卡住喉咙。老天保佑，可别让我想咳嗽，想打嗝，或者突然像条被吓坏了的狗似的打喷嚏——啊，上帝啊！

她们给我送饭送菜，从我背后递上东西。我的一举一动都很正常，甚至说这说那，问到有关画的问题，自己也回答一些问题。阿里娜稍微放了一点心，不过她总从桌子那一边紧张地望着，她有些着急——似乎在说，咱们走吧——她几次打断外婆的话。我非常卖力气。应该做到别丢人现眼，又别像个木头人似的。顺便嘛，自己也瞧瞧四周：这就是她的家呀！

外婆不仅对我进行礼仪上的考试，而且还打听：我是个什么人，为什么我姓舒瓦洛夫？难道我是伯爵？……"外婆！"阿里娜面红耳赤，几乎很粗暴地阻止她再问。"这有什么关系？"外婆贵族派头十足地答道，"难道我问了什么不体面的问题吗？你的外祖父，顺便说说，他可是个贵族。每个家族总有那么一种人，大家总是不喜欢记起他们，但这人是存在的，这有什么办法？……"

我抱歉地笑了笑，事实上在家里的闲谈中我从未听见过有关家族的事。不过我的祖先不是出身伯爵，而很可能是出身农奴。

"简直不可思议！"外婆说道，"第三代就不知道自己的前辈了！这么下去，您连自己的父母也会不知道了。就像从人工孵化器里养出来的。现在已经有这类人了，有了，多得很呢！""但是这个，在原则上，并不很重要。"我快活地答道。实际上我在那少年时代也是那么想的。外婆瞪大眼瞧了瞧我，又吃惊地瞧了瞧外孙女儿，然后又说："在原则上嘛，当然是啰。不过，苹果树只能结苹果，而松树——只能长松球。"

是的，一般来说那顿饭我应付得并不坏，右手拿刀，左手拿叉子，甚至还辩论。可是，神使鬼差地我得出一次洋相。事情已经接近尾声，已经用小碟子给我们端来了刚上市的新鲜樱桃。这时候阿里娜带着一种轻松的、赞美的神色望着我，仿佛说我多么英雄似的。但是不知怎么搞的，汗流下来了——可能是由于紧张，也可能是由于丰盛的吃食。我当时就机械地掏出了手绢——可不是世界上最干净的手绢——为的是擦我那可怜的脑门。真的，我已经在口袋里把手绢团在手心，就这样拿了出来，我没有松开拳头，就这么来回在脑门上蹭——您能知道人们是怎样团着脏手绢在擦吗？……这鸡毛蒜皮的事啊，可外婆没有把它放过。外婆做作地假笑了一声，好像在说，这就是你的舒瓦洛夫！阿里娜挪动了一下椅子，哼了一声，作为回答——让你们的礼仪见鬼去吧！

外婆另外还给我上了一课，让我服了。这事发生已经是在尼哥尔斯克，那时我常去那儿了。

我从城里去的时候天气很热，一路上尘土飞扬。可能就是外婆煮草莓酱的那天——好像是那一天。

后来我就和阿里娜一块儿去散步。低矮的跳蚤林吸引着我们。幼小的白桦林还不见阴影，光秃秃的地上只有一小簇一小簇的野草。我们坐在地上抑制不住地接起吻来。我们急切地渴望别处的接触，但又恼人地惧怕那种接触。这样做了之后，我们怎么敢看外婆的眼睛？

然后我们吃了晚饭，晚饭之后又去散步。我们去拜访列乌什卡，在他们家院子里就着电唱机的音乐跳舞。后来，要回城已经太晚了，于是阿里娜悄悄对外婆说，让我留下来住。她的父母一个星期不回别墅来。

于是我第一次留了下来。这事使阿里娜兴奋异常，她在别墅里跑来跑去，瞎忙了一阵，直到外婆高声吆喝她，把她赶上床去自己屋里睡的时候为止。

他们在凉台上给我铺了一张雪白的床。床头还放了一盏灯，一杯牛奶，还有一沓外婆已经读过了的杂志。我第一次睡在他们家，靠近我心爱的姑娘。

我忐忑不安地脱了衣服，朝床上躺下去。哎呀，天哪，我的一双脚因为灰尘，完全变成黑的了。我整个人也是脏的。这是跳蚤林和它那光秃秃的土地对我的报复，谁让我们在那儿胡闹呢。

全家都躺下了。瓦丽亚早就在阁楼里打鼾了。外婆和阿里娜住的那间屋里亮着灯，去敲她们的门要点水？他们那儿没有自来水设备，用水都是瓦丽亚用桶到压水机跟前去提，或者是运水工人用大桶送来的。觉得太难为情了，我就用短袜子好歹把脚擦了擦，然后把床单卷起了一些，这就破坏了这张美妙的床。不过，这样躺着也不像话：万一有人进来看见了，我身子躺在床单上，一双脏脚却搁在条纹裤子上。我碰掉了杂志，还差点打翻了牛奶。我已经不像前一个钟头那样幻想了。认为到了半夜，等外婆睡着了以后，阿里娜会忽然起来要喝水——这也可能吧？——于是我也爬起来，拦住她的去路。这时，我把自己臭骂了一顿，不该留下来。我躺着躺着，就睡着了。

到了早上——洗完脸，我和阿里娜高高兴兴跑到凉台上的时候——瓦丽亚正在收拾我的床铺，外婆站在一旁，怀里抱着那些杂志，正打算抱回自己的房间去，我还故意大声地对瓦丽亚说："显然的啦，见鬼，那双脚大概是一辈子晚上都没洗过！"

啊，外婆！难道她真的没看见，我是多么愿意成为整洁的有教养的人，我是多么希望能博得她的欢心。而且她是知道的，在十七岁的年龄，当着心爱的姑娘，这样的话是能要人命的。

后来，许多时光过去了，有一次和外婆吵架，有人又把别墅的这一段历史讲了出来。我解释说："我不想打扰谁，要知道平民，"我强调地说，"就像您知道的，天生的害羞。""啊哟，我们是多么可贵啊，"外婆反唇相讥，"平民！您离平民阶层还远着呢！您是个小市民，年轻人，小市民中的一个，就是这样！平民办事合乎自然，而小市民是什么意思？他宁肯拉在裤子上不嫌羞耻，可是让他问一问厕所在什么地方，他却觉得羞耻，就这些！……您就这么记住好了！……"

我记住了。

除此之外还有一些其他的教训，比如说，外婆关于穿戴的教导:"请您听我的,要挑选自己的颜色。看什么颜色对您合适,一劳永逸。黑的、白的、黄的。您永远应该穿纯黑的或是纯白的,或者是像莫根一样,穿黑、白两色。男人们应该知道自己的颜色,妇女也是如此。"我对莫根一无所知。我从来也没想过,我身上穿的是什么色儿的衣服,或者配的是什么色调。但是我明白了:外婆讲的在理。我应当感谢她。是她教会我穿白色的或黑色的衬衣、高领绒线衫、短袜子。谢谢她。

甚至连"下流的家伙"这个词我也是从外婆那儿听说的。"下流的家伙,下流的家伙们。"这不是我们一般在电车上喊的含义,而是一种早已被遗忘的陈旧的意思。就像"反革命"或"平民"这些词,我们已经从来听不见了。"下流的家伙"意思是"无所作为的人",甚至是"人民"的意思。苦闷折磨着外婆……

……我的姐姐娥尔加(妈妈跟前夫的女儿),正巧那年四月和她的丈夫一起到伊朗去了。出国的前一年,娥尔加毕业于外语学院,嫁给了外交官随员马卡洛夫。她是个招人喜爱的姑娘,好多人都围着她转,在家里也一样——外婆非常纵容她——许多娥尔加的朋友都登门拜访,同班同学们,还有外婆说的那些男伴们。外婆很喜欢参加到这些乱七八糟的人里去。

娥尔加走了,可她的朋友们还长时间继续不断地来家里。他们现在已经是我和外婆的朋友了——特别纠缠不休的是沙萨·西彼良柯夫和他的朋友略霞。那个西彼良柯夫本来是娥尔加的同学,我认识他有五年了。大学毕业后,他到外贸部去工作,正等着出国的命令。他是个很文雅的人，办事敏捷（无所不知，无所不晓）。外婆从他那儿打听对外政策的情况。西彼良柯夫不知讲的是自己的看法，还是重复别人的话，可以令人惊异地预见到世界大事：美国竞选中谁能获胜，在奥地利或哥伦比亚将会发生什么事，在国际市场上美元的兑换为什么会上涨和下跌。"啊哈，假如不是他那个小鼻子呀！"外婆说，"他可是鹏程万里哟！"沙萨的小鼻子真是差劲——人很灵活，相当聪明，也文雅——可脸中间的鼻子那么小，小得不庄重，像个小孩儿的鼻子，就好像他人长大了，可鼻子没长似的。

略霞呢——我不知道为什么别人给他取了个女人的名字——他长得高大，身强力壮，有点驼背，那时候他已经开始谢顶了，可大伙儿还是略霞、略霞地叫。在他们那一伙里他年龄最大，长得不漂亮，人很阴沉，粗野得令人奇怪，爱嘲笑人，又自高自大。他是个天才，大家把他叫作物理学家、化学家，用不了五分钟就可以当上博士，奖金获得者——上帝啊，少年人什么话不信哪！……略霞常常和外婆争论不休，逗她生气，让她发火，有时因为科学上的问题，而经常是因为烹调的方法：怎么往鱼肚子里填馅啦，怎么晒干蘑菇啦，怎么才能正确地煮麦片粥啦：需要煮整整十二分钟。简直叫人奇怪，我们之中谁也不知道，谁也不会预料到，每个人今后的命运会如何：那年夏天是我命运中的一个关口。

沙萨和略霞总是在傍晚带着糖果、葡萄酒和包子到别墅来。外婆特别喜欢炸焦了的"土豆"。沙萨竭力讨好外婆。我们在阳台上，按旧日的方式，在丝的伞灯下和和气气地喝茶，用绿色的酒杯喝葡萄酒。外婆很高兴，她情绪高涨，跟他们争论。刻薄的略霞逗弄她，沙萨死乞白赖地缠着我。可我已经讨厌他们的拜访，因为他们妨碍我、折磨我。使我不由自主地把这些穿西服、结领带的成年人，这些老练的、爱嘲笑人的男人和自己那个可怜的小男孩相比较，我只想见到他，只要他！"你为什么总招引他们来？没完没了地来！"我冲外婆喊。可外婆回答我："他们根本不是冲我来的！"——"那冲谁？"——"你明白！"——"冲我？"——"你呀，小祖宗，让自己的伯爵把眼睛全弄瞎啦！"——"去，见鬼啦！"我啐了口唾沫。但是你骗不了外婆，她晃动着脑袋连声说道："你啐吧，你啐吧，过些日子——就会看清楚的。"

如果说句良心话，那么，我和西彼良柯夫的关系从冬天早就开始了。虽然那时在我的脑海中只有我的彼得大帝，但是……沙萨替我补习英语，送书给我，还请我去看戏。有一回，是十二月份，他请我去参加他的生日晚会。我记得，我特别仔细地穿着打扮了一番，还戴上了外婆送我的那条黑丝绦穿的项链，一戴上项链，我立刻感到全身变成了舞会的装束。不过，在这个生日晚会上我显得像个小姑娘，中学生，很不起眼的样儿。在那里聚集的完全是另一些人，另一代人。我们相差六七岁，可是区别却很大——他们已经是成年人，有工作，结了婚，谈论的是有关事业、任命、工资级别的话题。女人们抽烟、喝酒；男人们用英语聊天。唱机上接二连三放的全是法国的、美国的曲子。那天略霞也在场，他从角落里忧郁地望着人们。他们说起我，就像夸小孩儿似的：多么可爱呀！他们还伸出手指吓唬西彼良柯夫，并没有感到不好意思地说："哎呀，沙萨，哎呀，你可真是个强盗！"这太令人难堪了，可是又不得不装腔作势，垂下眼睛，以此表示沙萨对我有某种权利似的。

他送我出来，笑着，在大街上唱歌。他没戴帽子，也不急着回去，不管留下的客人有没有主人。我心想，他一定是喝得太多了，以前我从没见过他这副样子。他很随便，领带也松开了。我想，如果他要吻我，那怎么办？……

果然——他请出租汽车司机等一会儿，就在过道里吻我——但不是那种小心翼翼的、我所准备接受的、轻轻地吻我的嘴唇——而是狠狠地、像打印似的吻我的肩膀，吻大衣领子里露出来的脖子，隔着衬衣吻我的胸。这一切只发生在半分钟里，我挣脱了，拔腿就跑。他在台阶那儿追上了我，请求原谅他。然后，他竭力把这解释为闹着玩儿。他还问我，如果他为了出国需要立即结婚，我是否愿意嫁给他。他忽然开始称呼"你"——这比他的吻更可怕，仿佛我已经属于他了似的。"你是个聪明的女孩子，"他重复说，"你是特殊的女孩。这样的女孩子现在已经没有了。你将会成为一个绝妙的高贵的人儿。"

后来我洗脖子，洗嘴唇，又在镜子里照来照去，想在脸上找出毛病来，不然沙萨怎么敢这样对待我。不过，我也试做了几个神气的动作，按我的想法，大使夫人就应当用这种动作迎接客人。

这以后我和沙萨都做出一种样子，似乎什么事也没有发生过。时间一长，这事也就暗淡了。只是每当沙萨聊天时话题一涉及加拿大或是澳大利亚，他总要意味深长地望望我，好像是问，你怎么样？……

最出人意料的是，离尼哥尔斯克的事不到一年我就结婚了。嫁的不是别人，正是沙萨·西彼良柯夫。又过了半年，我又成了略霞的妻子——啊，在尼哥尔斯克之后，生活这个母亲写出了多么曲折的篇章。这是对一切的报复和惩罚。

略霞的本名叫列阿尼得·弗拉谢维奇·诺里。出于一时的气愤我们去登记了。那个时候反正什么对我都无所谓了。登记的时候我已经生了我的小女儿。我用了丈夫的姓，成为阿里娜·诺里。我痛恨自己，痛恨这个姓。诺里，诺里，等于零。

……外婆常说：你们什么也不懂。你们以为自己是第一个，在你们之前什么事也不曾发生过……

的确，我们这样想过，也这样感觉过：我们是第一个。在我们之前没有人像我们这样爱过、这样寻找过、这样快活和急不可待地跑去约会。仿佛只要一天不见面，心就要破碎，眼就要干枯，血就要涌流。

除此以外我们还以为，无论什么事谁也没看出来，谁也没察觉——在跳蚤林玩儿了之后她肿起的双唇——她总是拿片树叶或小树枝儿搁嘴里，挡住嘴唇——谁也没看见我们那好似被磁石相吸的眼神；没看见我们的小动作，我们的接触，我们的眼睛，从那两双眼睛里飞出的只是快乐。在跳蚤林光秃秃布满尘土的地上待的那一小时，在瘦弱的小白桦树下拥抱、接吻的那一小时，比世界上一切书籍和雕塑教给我们的内容还要多。她那件小白领子的花点连衣裙照得我眼前直冒金花。黑色的小纽扣自己绷开了，神秘地露出了雪白吊带、圆圆的乳房，这都那么吸引人，致使我的眼睛不能不朝那地方斜睨——我害怕，我胆怯，我轻轻碰了一下，忙退了回来——她什么也不禁止我，于是——每天我们都朝前迈出新的一步，重新做那已经做过的事，我们就像做功课一样每天温习。再向前迈一小步。我不怕叶列娜·弗拉基米洛芙娜，不怕自己的妈妈和大哥——谁也不怕，就是怕外婆。也就是说，我怕这事的后果，我怕这事被人发现——亲吻或是碰一碰还可以，至于其他嘛——上帝保佑，这是非法的。而我们所渴望的，所想往的，使得我们的身、唇、手急于要做的，我们灵魂所希求的一切一切，都是道德标准所不允许的。然而外婆比所有的人都可怕：仿佛她把我们看穿了。这是我最害怕的事。为什么呢？

我胆怯迟疑，我不知道，她会怎么样？老实说，我的所作所为可能把她得罪了，把她侮辱了。可能吗？……她允许我这么做，因为她不能拒绝——我想，本人并不需要这些。我和姑娘们打交道的有限经历（我们那一伙人的经历，不过是节日深夜狂欢、别墅、喝酒）——全都不适用于现在。在那种场合我很勇敢，总想表现得不亚于别的伙伴，也从来没有一点点害怕的感觉。可是现在呢？……在疲惫不堪和昏头昏脑的状态中，我控制住自己，一下子避开了她。她躺在那里，脸儿发烧，衣服敞开，露着胸。我坐起来，背转身抽"杜卡特"烟，手哆嗦得擦不着火柴。——我又看见了布满云彩的天空，矮矮的白桦树泛黄的小树叶；一阵风儿拂过，蜻蜓在飞舞；一个人走在跳蚤林中，好像走在麦田中——小白桦只到她的胸口。我们俩好像小田鼠似的坐在下面，我该怎么办？我怎么还敢看她？……

可这时，她的手自己在找我的手——自己在找。又是一阵紧张，紧闭的眼睛，我又弯下身，碰到了她的胸——现在，她的胸是袒露的，衣服解开了，全部露在外边——她什么时候，怎么解开的？她根本没有动过啊！这默默召唤的姿态震撼着我——她的眼睛仍然神秘地闭着——全都是偶然敞开的，这与她无关。多么轻松自如！她自己要如此，那么说，是可以的了？

可以，但还是不行。

那条狗，有时候死乞白赖地跟着我们——阿里娜撵它，可那条聪明的达克斯狗总是悄悄地跟在后边，藏在灌木丛里，或在沟里闪动着褐色的长身子，当我们已经拥抱着坐在一起或躺在地上的时候，它又突然地出现；肚子贴着地爬了出来。阿里娜宠爱自己的狗。看着她怎么跟哥什卡玩，我曾是那么嫉妒和不能理解。她吻它，逮住它的爪子，像搂一个无情的人似的把它搂在怀里，还拉开它的腿。她用一双手把它的长耳朵弄得竖起来，还咯咯地笑。那条狗可不高兴地汪汪直叫。可是在这里，当那条狗忽然匍匐着从白桦林里爬出来，带着儿童似的惊奇和疑问，仿佛在说：你们在这儿干什么呢？——阿里娜就低声朝它呵斥，从地上抓起一把土朝哥什卡扔去。这样的对待把那条狗弄呆了。阿里娜的脸和那双燃烧的眼睛似乎在说：她要杀死它。可怜的狗仿佛更使你懊恼，这是发疯时的火气吗？——真奇怪！

我们像醉汉似的往回走。我们怎么也分不了手，我放过了一趟又一趟电气火车，有时一直到深夜。可能是由于阿里娜的劝说，我们又回到了别墅。外婆一劲儿唠叨，咕咕哝哝，离开她那习惯的圈椅，或是床铺，以便亲自给我们做晚饭，跟我们坐在一起，刨根问底，眯着眼审视阿里娜，差点没用鼻子去嗅她：她出了什么事，她怎么啦？我想，外婆心里清楚（可能比我们更清楚）这股狂潮是拦不住的，但她还是对外孙女大叫要保持贞洁，做一个意志坚强的人。我那时就想：外婆，你不了解她（不像我现在对她的了解），你把她想错了——正相反，是我一错再错：应该说，外婆当时就了解了，只是不甘心承认已经发生和将要发生的事情。我不适合于做新郎的，喏，一点儿也不合适，可是又用什么办法摆脱我呢？把我从阿里娜身边弄走——怎么弄，用什么办法弄？她是不会放走自己的人的——外婆对外孙女儿这一点也是了解的。算是她竭力设法让我们当"好人"，办什么事都要体面，要庄重。她用目光恳求我：别欺负她。

我记得，一个晚上，天下着雨，我们两人坐在凉台上，喝过了茶，我就用不太高的声音朗诵库普林的《苏拉米弗》。我知道我为什么要读它。《苏拉米弗》使阿里娜激动万分。她脸蛋绯红，两眼放光，她以前从未读过这样的书——现在说来真可笑，想起来都可笑，但这是事实：十八岁的大姑娘、莫斯科的大学生，聆听改编的《雅歌》，如同一大发现。

外婆慢慢腾腾地走进来问："喏，怎么样？"我回答了："喏！"外婆说："我早告诉过你们，你们别以为，在你们之前，人世间什么也没有……"

她打发阿里娜把自己的手提包取了来，从里边拿出一本夹着书签的油污的硬皮书，翻到了《雅歌》这一章。

不管老太婆多么聪明，她却不懂得，同样一个词，对于她是一种含义，对于我们却是另一种呢！比方说"吻"这个词，对于她是太普通了，就像说"房子""面包""拖拉机"一样——可这个词让我们浑身发颤，还有"腰身""腹部"，更不用说"乳头""肚子"这些词了。这些对于外婆很平常的话，对我们却像大火似的燃烧我们。特别是对阿里娜。她的确什么也不懂，只是刚刚醒来。

"啊，我心爱的人儿，你是多么美啊，多么美！卷发下是你温柔的眼睛……"

雨水顺着玻璃往下淌，我又被安置在凉台上睡。外婆嘟嘟囔囔说了些什么，这时，我的脚在桌子底下被阿里娜的光脚丫踢了一下——开始我还以为是狗，还朝桌子底下看了一眼——不是，狗不在那儿，它在沙发上，正睡在小猫身边呢。

"我心爱的人属于我。我对他说：他的情人在百合花中等待……"

外婆气呼呼地呼的一声合上了书。

那一夜，我们都没睡。雨下呀下个不停，外婆后来拿着杂志上了床，没关灯。阿里娜一次又一次起来，去洗手间，穿着睡衣，寻找各种借口跑来跑去——我从自己的床上伸出手去，在半明半暗的凉台上抓她——哪怕只是轻轻碰碰她，握一握、亲一亲她呢。阿里娜的身后跟着那条狗。她恶狠狠地推搡它，叫它别跟着。"你睡你的吧，外婆，关上灯吧！上帝呀！"她对外婆喊道。只要外婆刚把灯一关，只一秒钟，阿里娜就出现在我面前了。

也就在那一刻外婆又把灯打开了，嘟嘟囔囔地说：我忘了吃药，忘了把眼镜放进盒儿里了——于是立刻失魂落魄地大叫："小阿里娜！"而小阿里娜则已经在厨房或别的房间里压低嗓子答道："轻点！我在这儿呢！你吵什么？我喝牛奶呢。"

我也几次跳下床，躲在门后边，守在那儿，由于心中的焦急和害怕直哆嗦。有一次阿里娜已经在地板上摸黑爬过了外婆的床，我们还没来得及互相抓住的时候——就在门框下的门槛那儿——狗又不知从哪儿蹿了出来，跟在她后头。它把爪子踩得嘣嘣地响，黑咕隆咚地嗅个不停。外婆又絮絮叨叨地叫："哥什卡，哥什卡！"——于是又拉开了开关。

哥什卡就在我们旁边——我们蹲着，它也蹲着，它对我们的行为充满了沮丧：它那副样子，就好像在耸肩膀似的。我强忍着笑出声来，这惹我笑的家伙扑到我身上来。外婆哼哼唧唧地从床上爬了起来。我呢，四肢着地爬回了凉台。阿里娜双手抱着膝盖坐在门口，等外婆来了好冲她嚷。那条狗也守在她面前，像个傻瓜似的看着她。

但我们违背道德的事并不是发生在那个时候，不是在那些日子里。尽管觉得这么继续下去是不行了。阿里娜制订了自己的计划——一切都布置和计算好了——她一步一步勇往直前地迈去。

"八月三十一日。"有一回她对我说道。"这是什么？""就是八月三十一日。这天我们从别墅搬走，可别墅还不关闭，"她仿佛讲了一件已下定决心要干的事，"一早就去学院报到（她没上综合大学，而是进了师范学院），新的生活就开始了。""那又怎么样呢？"我还是不明白。"八月三十一日那天，"她又说，"我们两个一起到别墅去，那里一个人也没有了。"

在我们躲藏着相互折磨的跳蚤林里，或在别的地方，都没有人。没有人会妨碍我们进行最后一件我们还没有做的事——可是，不行，阿里娜需要一个仪式，需要地点、行动与时间的统一。后来我才恍然大悟，她是怎样为此做了准备的；三年的等待，养成了她非凡的耐性和自信。反正一切都会像她希望的那样进行，她需要的不是仓促，不是偶然，而是百分之百地实现梦想，是达到理想的境界。仪式——如果不能公开进行，那么就秘密地进行，但要成为仪式。她为此自己做了准备，也让我有精神上的准备。我的心时时在颤抖：八月三十一日。

为什么会是这样呢？为什么我们不照着书本上写的去做呢？为什么不结婚？我是可以结婚的——可以的。我爱她，她也爱我。但是，从一开始，从我第一次迈进这个家的门槛时起，我就心中一直是明白的，我们两人不能结合。绝不可能。别人不会允许——会说这样做太早，我们不是一对，到什么地方去住，还该去学习，等等。

阿里娜对外婆从不隐瞒自己的感情和心思，也企图跟妈妈谈谈，可她们根本不听，她们不明白这些话的意思。外婆又唱起了一首新歌："他不爱你"。好吧，阿里娜从来都是我行我素的——她悄悄地、秘密而顽强地在行动。到今天她还是这样行事。

"来吧，我心爱的人，我们一同去田野，看一看村庄；清晨我们去葡萄园，看看葡萄的枝芽可长出，看看红红的苹果树可开了花儿；在那个地方，我允许你对我爱抚……"

八月三十一日越近，我越被一种强烈的恐怖感攫住。心里像灌满了冰，我简直想象不出事情会怎样。以后又怎么办呢？谈话从来没有涉及这个问题。阿里娜的表现，如同一个外科医生正准备进行手术的一切。我尽可能地躲避外婆。

然而情况是如此：必须帮他们搬离别墅，替他们搬运东西。从工厂来了一辆带帆布篷的卡车和一个年轻的小驾驶员。他不是站着抽烟，就是坐着抽。我、割草的邻居、列乌什卡、阿里娜，当然，主要是瓦丽亚，我们把捆好的褥垫子、篮子、椅子、装有果酱的罐子，一切家具杂物和活的玩意儿，从枕头到小狗小猫，都从屋里搬上卡车。这些东西一贯是搬来别墅又往回搬的。

东西都搬完了，到了完成下一个任务的时刻：怎么把外婆扶上卡车的踏板，使她坐进驾驶室去？这时候开始干了！乘车——对她是一桩了不得的大事：是行动的壮举，是一次旅行，是见世面的机会，这种机会一年只有两次，到别墅来和离开别墅。她激动、难受、忍受着熬煎——就拿卡车来说吧，她认为那是进步的一种不舒服的体现，让她厌恶和恐怖。还有那个大下巴的司机，为什么偏要把自己的命交给他呢；还有那些东西，都摊在外人眼前，给阳光放肆地照着；再加上这身她早已不习惯的穿戴，还有她给周围人留下的印象，还有往车上爬的这一段时间，很可能折断手脚或者扭了腰——这一切都是吃力的事，都折磨着她的神经。

瓦丽亚、我、叼着烟的司机——我们三个先把外婆安置在一张板凳上。板凳在不平的地上摇摇晃晃，外婆歇斯底里地指挥着，脸涨得通红。她出乎意料的沉。"扶住了！小瓦丽亚！我要摔了！"司机瞪大眼，仿佛在说：这有什么可惊慌失措的？在他面前，因为外婆的样子，大家都感到不好意思。阿里娜叫了起来："你别歇斯底里了！"恰在这时，外婆那一只像鹰爪子似的手，狠狠地掐在了我的肩膀上。因为冷不防被这么重地掐了一下，我下意识地抽开了肩膀（本来应当把肩膀凑过去的），外婆的身子歪了，她脚下的长板凳翘了起来——如果当时不是小瓦丽亚顶住了卡车的帮，外婆就会轰的一声倒地——现在只是从长凳上滚了下来。这一切都怪我。我们看看外婆，扑哧一声笑了出来。而且已经无法控制了，我、列乌什卡、阿里娜都忍不住了。真是胡闹，我们一边埋怨，一边一股劲儿地笑。小瓦丽亚没笑，司机也没笑，可我们，背转身，笑得直喘，笑得眼泪都出来了。"下流的家伙们！"外婆骂道。她自己差点没哭出来："滚一边去，下流的家伙们！"

这太粗野了，总之，对待这么一次不该责难的笑，也未免过于残酷了。外婆说话时语气中的那种憎恨，却刺伤了我。这憎恨不仅仅是因为那条小板凳。"啊，原来如此。"我心里说，有些发火，同时也替阿里娜和列乌什卡感到羞愧。就是这个"啊，原来如此"埋在我的心中，一直到八月三十一日这一天。

八月三十一日早上十点我们在库尔斯克火车站见面。然后一同乘车到了尼哥尔斯克。阿里娜头发梳得溜光，打扮得漂漂亮亮，穿着我喜欢的那件有小花点的连衣裙。从此那件衣服永远使我和跳蚤林联系起来。她手上提着一个包——这是她从家里拿的食物和一瓶"麝香葡萄酒"。一路上她发号施令，我只是遵从照办。我给她带了一束野菊花，我神经质地讲些俏皮话，总想看看她的眼睛——可是她的眼睛，神秘莫测，而又默默不语。没有几站，仿佛只一瞬间，就到了尼哥尔斯克。我们下了车。现在走在乡村小路上的，不是穿小白翻领、牵着狗皮带的住别墅的小女孩，不是到月台上去送一个小伙子回城里，而是一个坐车来别墅的城市女公民、女大学生、年轻的妇人。她在什么时间和地点约定了和心爱的人幽会，她的提包里装着一瓶葡萄酒。我们走在熟悉的街上，好像走在一条陌生的路上。今天我们自己对于尼哥尔斯克也是陌生人了。

别墅的门上了锁，四周没有留下一点有人居住的痕迹——没有装满衣服的盆，没有吊床，没有装着水的桶，草地上的藤椅也没有了。可是空中吹拂着夏日温暖轻柔的风，这是明显的初秋色彩。空气是那么清新，跳蚤林里五光十色，瘦小的树最先变黄了，仿佛是熟透了的麦田。我们从跳蚤林旁边走过，却没有望它一眼，没有感恩，也没有纪念。这一课对我们已经结束。我们等待着、热切期待着新的一课。

别墅的窗户都从里边关上了，阳光只能从缝隙中透进来，就像棚子似的。我们走了进去。我已认不出那凉台了。为了过冬把花园里那张绿色靠背椅也搬了进来。我也认不出那空空的房间了。不过，这里仍散发着夏天的温暖和苹果的香味。这里是那么干净、古怪、神秘。于是我们立刻就坐了下来——绿椅子就在近前。我们默默地、热烈地亲吻，我的手碰到了她的手。我们第一次亲吻也是如此——那是在很早很早的一个春天，是在椅子上，只不过

161

是在街心花园里。我跑去参加她们的毕业晚会，我把她带到夜里潮湿的小花园里。我记得她浑身发抖，她连话都说不出来。

雨后的长凳是湿的。半夜里，从灌木丛中跑出一只白色的小猫来，可怜地咪咪叫着，小猫也浑身发抖——我们把它捧在手里使它暖和过来，于是，我们的手就碰在一起了，手挨着手，轻轻地挽着。这一切都仿佛是一百年前的事了。

我们在说话，却不知说的是什么。我嘲笑她，笑她——为什么要切干酪、香肠？——她甚至带上了拔塞器，于是我打开瓶塞，斟满了两杯热乎乎的"麝香葡萄酒"——"让我心爱的人儿来到自己的花园中，尝一尝园中甜美的果实。"

我们尝了一口葡萄酒，我们吃不下也喝不下。我们都怕接近。我又继续开玩笑，忽然提到了外婆。一下子外婆就站在了我的面前，一个可怜的老太婆，这时正被我们（我）每时每刻在欺骗——我看见了她那张被警觉和无能为力弄得痛苦不堪的面孔，看见她那瞎了的眼睛，看到她怎样嗅她的小外孙女儿的头发。这头发里有烟草的气味，有雨水的气味，也有地上灰尘的气味——可现在已不只这些气味了，这里还弥漫着葡萄酒和床铺的气味。可怜的外婆！"替我抓住钻进来的大狐狸、小狐狸，它们在践踏葡萄园，我们的葡萄藤上正开着鲜花儿。"

可是，那句带着报复心理的"啊，原来如此"还在我脑中记忆犹新——一阵对外婆的胜利感来到心间，对他们这所房子和风俗；对她的高傲；对那些到了这里从不正眼看我、打着领带的外交家和物理学家们！

　　我们就躺在外婆那张又高又宽的床上——我本来固执地不愿上这张床，我宁愿换一个别的地方——可是阿里娜办事从来都按照自己的想法，一步一步地完成自己的计划。我的头已经昏了。她已经不放开我了。她裸着身子在一条被单下，在半明半暗的光线中，我在那么一刹那、一秒钟的时间里，看见一个形体在我的面前闪烁转动。

　　由于激动和没有学会本领，那一刻进行得令人可羞地迅速和短暂。她咬紧的牙齿使我惊讶。就在这最紧要的关头——老天爷！——从门廊外的台阶上传来嘈杂的声音。什么东西撞了一下，吓得我们失魂丧胆。一条狗恶叫了一声。

　　这不可能是哥什卡，也不可能是阿里娜家的什么人带了狗来，可我们，当然，立刻就觉得是哥什卡和外婆，或者是叶列娜·弗拉基米洛芙娜穿着皮大衣、戴着那顶小锅样的帽子来了——就像我春天见到她时的那个样子——我翻身下床，一把抓起了裤子。阿里娜用一种轻蔑的、近乎厌恶的手势，阻止了我的胆怯。她披着被单慢慢地走到通向凉台的门边。她的步伐令人相信，谁要是妨碍了我们，准没有好下场。狗还在叫，这种汪汪劲儿根本不是哥什卡，哥什卡一般很少叫的。什么鬼把这条别人家的狗弄来了？

　　阿里娜又扒着门缝瞧了瞧，确信那儿并没有什么人。就在她瞧的时候，那条狗也像它突然出现时那样，一下子又不见了——我在屋里也从门缝里看见了这条黑白花的杂种狗——它顺着墙跑开了。我笑了笑，耸了耸肩，手里拎着裤子不知如何是好。阿里娜不看我，回身走过桌子时拣了块干酪，扑通一下子躺在床上，眼望天花板，嚼着干酪。

她那一双眼睛显得阴沉而陌生，至于她嘴嚼东西，更是对我的侮辱和轻蔑——我就这样站在一旁，克制自己的胆怯，如今，我还为那次的胆怯害羞。然而，除了一些小事和麻烦之外，我心里升起一种胜利的欢悦和欣喜——可能是得到了幸福。

"外婆现在看见我才好呢。"阿里娜不自然地笑着说道。她这时想到的也是外婆。

……我没有想到外婆，没有想到妈妈，没有想任何人任何事情，这一切都是愚蠢的，不过是多愁善感而已——我生活中的一切都改变了，变成了另一个样子。我明白了：我心中一向想着的只是我自己。我总想怎样挣脱出来，按照自己的愿望生活。这在很早就开始了，可能还只有十二三岁的时候，每当他们对我任意压制的时候，我就有了这种念头。因此而产生了我早年的独立精神，孤独感和自信的信念。所以，最近一年里，我只想如何尽快地懂得一切，经受一切，检验一切——看是否像人们常讲的那样，常写的那样，常表现的那样——我从来不相信，因为这些实践会产生痛苦，自我毁灭，或者毁灭他人，那全是胡说八道。我只想怎么去做，而不是做什么——怎么才能做得更好、更方便、更快、更简单；怎么才能，请原谅，不至于直接或间接地被人发现，也不要使自己的感受无缘无故被强迫涂上别的色彩。我现在不怕她们了，不管是妈妈、外婆，还是娥尔加——让她们见鬼去吧，她们让我受够了。可是他呢，大张着嘴，就站在这位外婆面前，听她教训——我憎恶他这种在她们面前俯首帖耳、逆来顺受的样子。好像她们是女王，他是个乞丐似的。过去，情况大体是如此，不过——我想——他比她们好一百倍，强一百倍。他知道自己该怎么对付她们——外婆和妈妈。我是多么想离开这个家呀。我总怀疑，她们要愚弄父亲。母亲不忠于他，利用他。大家都榨取他，可又都欺负他、鄙视他，因为他不过是一个"市民"而已。我不是外婆的外孙女——从来也不是她的外孙女——我也不是妈妈的女儿，问题就是如此——如果她们教我爱清洁、吝啬和守秩序——这并不能说明什么问题。我一直是我父亲的女儿，是我在高尔基城住着的纽拉奶奶的孙女儿。在我们家似乎提起纽拉奶奶都是不体面的事：纽拉奶奶有七个孩子（仅这一点似乎就是不体面了），还有个种土豆的菜园子——我呢，是个小傻瓜，长到二十岁了，一提起纽拉奶奶还觉得害羞，竟会嗤之以鼻地说什么：土包子，乡巴佬。自从母亲抛弃了父亲出走之后，外婆也死了，最终我才明白，我是什么人——否则她们就扰乱了我的一生，弄得我茫然不知所措——什么音乐呀，音乐学校呀，诗呀，普希金呀，"阿里娜，可怜我吧……"——顺便提一下，我向来认为，我的名字也造作得很。阿里娜，这根本不是我的名字。我算什么阿里娜，让这个名字见鬼去吧：我天生两个大颧骨、一副宽骨骼、蒜头鼻子和两条短腿。我的长相和纽拉奶奶一模一样。我应该叫杜尼亚、巴拉什卡或是阿库里娜。

我是被她们这样教育的——我很少见到父亲。他总是在工作，我的出生似乎和他没有什么联系。他没有任何明显的特点，也没有突出的优点——他也是这么一副矮小身材，就像我所有的亲属一样，淡黄的头发，沉默寡言，土豆似的鼻子。他总是负疚地微笑着，"全家各位老小，我走啦"——对，他发声中"o"音很重。至于少了他任何一架飞机"Ty"就不能飞行，至于他是获奖者以及其他——这，难道与谁有什么关系吗？

当我搞清楚了谁占有什么位置，谁有什么价值的时候——父亲，这可怜的人，已经去世了——她们把他从住所挤走了，从别墅挤走了，把他抢光了。他顺从地把一切都给了她们。那一群女贵族，女教徒，白骨头，高贵的血液，还有诗人纳尔布特写的十一封信——现在谁还知道诗人纳尔布特，谁还需要他，自己的人已经够多的了。她们真是老奸巨猾。

我全都不喜欢——那些画、家具、台布，矫揉造作的东西——真愚蠢。现在我更加明白了，简直是愚蠢透顶！可在那个时候，当我有了自己的房子，当母亲把所谓我的一份财产分给我的时候，即家具和别的东西，我第一桩事就是让它们统统见鬼去。我把红木家具、水彩画、各式各样的画框，把这些古董统统送到委托商店，并买来了一堆"时髦"的东西——五十年代的"时髦"货。有五个歪歪扭扭的吊灯，三条腿的杂志架，我和西彼良柯夫把照片挂在墙上，把波兰《银幕》杂志的封面贴在墙上，代替那些画——难道不行吗？我们生活在自己的时代，是这个时代的儿女，这是我们的口味。外婆总企图保存一些旧时的什么东西——为了谁呢？为什么呢？举个例子，就拿我来说吧，除了两个戒指以外，她的遗产对我无用。甚至连狗我都想要另外一条——我喜欢哥什卡，可我自己想要一条短毛猛犬或是狼狗。正因为如此，当我一看到小彼得在外婆面前毕恭毕敬，我就气得要命——这副样子干什么？但，不管怎么说，她对他不算坏。具体说，客观上不坏，主观上可能她恨不得把他吃掉。难道她说的真对吗？他不爱我？他以为他爱我，也希望爱我，可是并不爱？

我知道得很清楚：我和她们斗，和外婆、和母亲斗，是徒劳无益的。我说不服她们，也改造不了她们。只有用狡猾的办法才能对付她们，悄悄地，悄悄地，公开和她们不发生任何冲突，只让她们面对事实，然后悄悄地、和和气气地走开。"拜——拜！"谢谢给予的一切。天哪，我是怎样地伤透了脑筋，日日夜夜地做计划，选择一个又一个的方案——如果，我下国际象棋，大概我早已经是世界冠军了。

……在跳蚤林里，我被折磨着、呆呆地仰面躺在光秃秃的地面上。不明白自己是好呢，还是不好。他吻我，那么急匆匆的。他的双手或是弄得我难受，或是那么胆怯生硬地爱抚。我望着天空，望着被阳光照得发红的云彩，不知它们飘向何方。我嗅到了他的头发的味道，还有泥土的气味。突然，我醒转过来——痴呆和激情同时减退了——我感到自己孤独到可怕的地步，就像天上的一朵云彩。好像不是这个时间，好像是我，又不是我。我完全不明白，这个人为什么要把脸贴在我的胸口。他是谁，他是怎样的一个人：我觉得他很小很小，而我则硕大无比，像整个森林、整个田野、整个土地。我望着天，天望着我。我的狂喜，我的羞怯，我的力量，我的幸福全都离开了我——内心的一切都离去了——

到来的只是外在的东西：风儿和阳光，树枝和叶儿，火车的轰鸣。后来，当我头一次醉酒之后醒来时，也是这样返回现实世界来的。那时我惊奇于自己所处的状态与习惯的世界格格不入：他是他，我是我。可怕的孤寂镇住了我：这一切是为了什么？

我当时是幸福的，但我那可恶的冷静和纯理性主义的观点下意识地控制了我——它们一直缠绕着我，很少有忘却的时刻。以后会怎么样？以后怎么办？——同一个问题在我脑海中，就像螺旋形的开瓶器往里钻。"对，见鬼去吧，管他将来会发生什么事！将来如何，反正都那样！"不，这样我做不到……现在他爱我，我知道，为了他能爱我，我做了这一切——如今这个男孩子属于我了，属于我了！——可是……将来呢？为了实现我主要的计划，他是否够坚强？

我好似一个动物，一只鸟儿，渴望刨一个小洞穴，筑一个窝儿——上帝啊，这是为什么？但我们受的是这样的教育，这也是我真诚的，最强烈的渴望。或许，这也是我要摆脱依靠家庭的愿望，追求自由的下意识的本能在起作用——也可能啊。我家里的人，显然是指望不上的：只要他们一知道了，除了羞辱和臭骂，我不会看见和听见别的。为什么我偏要去制订伟大的计划，为什么我要把自己的头往冰窖里送？我不知道，我又不能不这样做。

有一天我读到一本幻想小说——不记得那作者，也不记得那书名——那书里讲，地球上的人，如何飞到另一个星球上去了，发生了一些可怕的事：他们一会儿哈哈大笑，一会儿放声大哭；一会儿和敌人称兄道弟，一会儿又和朋友格斗。与此同时，又留给了他们足够自己用的意识，以便他们自己作为旁观者看清自己，为自己这些行为感到恐怖，但又不能不干。原来，另一个星球的主人，是一种有理智的细菌：它们侵入人的脑髓之中，在那里发号施令。

如今我也发生了这样的情况：我仿佛是一个旁观者，看见了自己的一些可怕的行为。我明白这是亵渎行为，甚至是思想上的犯罪行为。（我什么花样没有干出来啊！）可是，我又毫无办法：我被爱的细菌击败了。我当时毕竟还是个小姑娘，没有经验的，不知道要经历这么一段痛苦的历史。在此之后才能获得免疫力，下次再遇到这类情况，承担起来就会容易些了。

是啊，我都想了些什么，干了些什么啊——太奇怪了。当我宣布"他将属于我"这句话时，我当时所想象的和事实上发生的，是多么不同啊！旁观自己时，我在想：这是谁？现在我所做的，就是撒谎，玩弄花招，欺骗整个世界——目的是去找他，和他在一起，为了让他吻我和紧紧地拥抱我。只要回想一下我们在别墅搞出的那些事，就够了啊！我们在每一个角落投向对方的怀抱；我们瞒过外婆；我们躲在窗帘后边，不管在哪儿老被瓦丽亚撞上：在小贮藏室，在小阁楼里，还有地窖里。我尽量拖延时间以使他能留下来住。外婆不喜欢这样，她虽然欢喜盛情款待客人，但讨厌外人留宿。她总觉得所有的人都不够干净。她满屋子串来串去，东嗅西嗅，埋怨唠叨，像个刺猬似的发神经。她自己不睡，总觉得别人在暗中走动，乱摸她的东西。而在这个问题上，她就更加警惕了。"小阿里娜！小阿里娜！你在哪儿？"——光听见这种喊声。然而，一到晚上我就觉得那么一大群恶鬼，那么一大堆细菌侵入我的体内。小彼得半夜里穿一条裤衩站在门框后边，或者蹲在圈椅旁，或者装出要吸烟的样子走向门廊，他在那儿等我。我呢，一会儿喝水，一会儿上厕所，一会儿吃东西，一会儿去取头痛药片。就在这两三分钟内，他必须来得及抓住我，搂住我，吻我。我也吻他，同时用我的一只脚去踢那讨厌的哥什卡，因为它在黑咕隆咚里紧跟在我身后头，不断地用爪子挠地板。这时我就听见外婆在折腾，又要把灯打开了。真是又可笑又可恶！我们像侦察兵一般匍匐而去，我们骗外婆，我把被子卷高起来，如果她猛一开灯，就好像我人还睡在那儿似的。到了早上我还朝外婆嘟囔："你怎么好意思！你凭什么怀疑我！你大概是想，我已经钻他的被窝里去了吧！"说这些话时还无比自尊，诚恳万分——细菌已经吞噬了天良！外婆眨巴眨巴眼儿，认错似的唠叨两句，但不管怎么，她过一会儿还是说："你最好还是看看自己的嘴唇！"嘴唇倒的确老是肿着或是发青，我们那时连接吻还不会呢（也可能是会？），可她那时怎么会看得见呢，要知道她是瞎的呀！

总而言之还是蛮有趣的，而且，大概只有这个夏天我们是真正的无忧无虑、真正的幸福的。要知道我们还没完没了地背书、工作、活动——能有多少时间呢？可夏天飞快地过去了，我仿佛感到：不会有比这更美好的时刻了。所以我就规定了一个界限：八月三十一日，即夏天结束的日子。我再也不能忍耐了，可是小彼得，我看出来——没有我，他什么也决定不了；勉强吧——这又不符合他的性格。

我还记得，我们是怎么搬离别墅的。平常我是不参与家务中的大事的：搬家、收拾、修理、准备过秋天——这些忙乱都没我的事，好像我还是个小不点儿似的。这是外婆的"教区"，她是这样教导我们的。外婆指挥，瓦丽亚去干。但是这一次——很奇怪，一方面可能是因为母亲没来，家务重担都堆在外婆身上，她越来越吃力了；更可能是由于别的原因，也就是我插手了：出主意、发号施令、争吵、坚持做主——什么带走，什么留下，什么放这儿，什么放那儿。我还不敢对自己承认，但是我已经有了长远的打算：妈妈和外婆有地方住，娥尔加也有，那么别墅……别墅的一部分，不带凉台的部分房间——到了冬天，可以生炉子。冬天住在这里，坐车到尼哥尔斯克也不算远。本地人多少世纪以来几乎都在莫斯科工作——有什么不能住的？要是我的，我就按自己的口味全部重新改建、刷新——这有什么不好？我决定八月三十一日返回别墅，更大的原因是想让一切就从这里开始吧，或许，这是命中注定的。

我们搬家了。那天有太阳，很暖和，庭院和别墅似乎都在莫名其妙地问：你们要去哪儿？外婆像每次动身前那样，完全失去了理智。一清早她就去向灌木丛、向松树告别——她已经不是头一年举行这样的仪式了：好像是说，她活不到明年夏天了，应该先向大地告别。我当然就冲她嚷："别演滑稽戏了，你会活得比谁都长！"——而万恶的细菌却毫无顾忌地在我身边悄声说：也许，一切都是可能的。在那种情况下，我不就成为这个别墅实际上的主人了吗，反正父母也不住在这里，他们很少来的。（我承认，我心里有这种可怕的想法，因为这不是我自己想到的，而是细菌灌输给我的。）

我们搀扶外婆坐进驾驶室——不知怎么搞的，没有一个成年人，全是小青年。我们全都按照自己的想法办事，瓦丽亚跑来跑去，傻乎乎地看着我，可总得听我的指挥——我们把外婆往驾驶室抬的时候，她一脚踩空了，差点没摔倒在地。我又一次看出她是多么不行了，可能，留给她的日子是不多了。我们忍不住笑，外婆尖声叫了起来，大骂我们。我觉得很不好意思。不是为我们的傻笑，而是替她，替我的外婆害臊。替她在我的彼得面前，在来帮忙的列乌什卡面前，在不认识的小司机面前害臊。我变得特别怪，冷冰冰的，简直是个自私的畜牲，胡思乱想的人！仿佛，爱情能让人歌唱，跳跃，像小鸟般地叽叽喳喳，可现在呢？不过从原则上看来，一切都说得过去：我也唱了，也叫了，但我很明白，应该准备防卫，聚集力量，挖好自己的掩体。

八月三十一日那一天，我变得愚蠢而可笑，我不喜欢回忆这一天——这也是常有的事，对一件东西专门去弄，搞很长时间，你总是准备不好的。再说，我似乎什么也没有弄懂，什么也没有感受到——真正的感受是在许久许久之后。然而最主要的是：我更加坚信，我是一切的主人。事情应该掌握在我们自己，而不是什么别人的手心里。

八月三十一日之后——我们没有地方可以见面了——我们继续长途跋涉到尼哥尔斯克去，但不是在别墅里——我们害怕——而是直接到树林深处，因为跳蚤林树叶很快就掉光了，我们把雨衣铺在地上，躺下去，就抱在一起，不管他是星星高挂在空中，还是毛毛雨下个不停——不管他是九月还是十月——都没关系。在那之前，无论是谁、什么时候，叫我夜里到树林里去，我当场就会死过去的——可现在呢——看吧：月亮、漆黑的夜、沙沙的树叶、树枝咔咔的响声，每一丛灌木后面都有一尊可厌的怪影，我才不在乎呢。每一次我只觉得在森林、树林、草地、小鸟和颤抖的小叶儿面前感到害羞，怎么能在它们面前这个模样。哪怕是下小雨或是伸手不见五指的夜晚，也比黄昏和月光更好些。上帝啊，上帝，对世上所有可怜的恋人发发慈悲吧！……

但，以后呢，以后怎么办？

终于，在一个美好的夜晚达到了极限：我衣衫不整地坐在地上，又冷又怕。他走到一边去了，月光透过光秃的树枝照着我，我忽然大哭起来。他转回来："你怎么啦，怎么啦？"我自己也不知道，就是说不出话来，上下牙齿都碰不到一起了，纯粹是歇斯底里。"以后怎么办？"我抽噎着说，"以后怎么办？难道我们就这么待在这儿？……如果他们知道了？如果我怀孕了呢？你没考虑过这些？总之……啊，你说，你说呀，归根结底，你是个男人呀……"

他除了沉默，抽他的"杜卡济克"烟之外，一句话也没有。他又能说什么？他没有父亲。母亲在邮局工作，一月挣六十个卢布。他的哥哥在军队服役，妹妹才上五年级。情况就是如此，叫他说什么？……他也考上了大学，而且成绩优秀——他们那一伙都考上了大学，成绩都不错。他在古比雪夫大学工程系，那时这个系最有前途，修建勃拉茨克水电站等——当然，这一来他有了新的兴趣、新的朋友，心情也愉快。而我这时，在灌木丛下只管苦苦地纠缠。谁知道呢，或许，他根本不再需要什么了，他只是不敢承认罢了？也可能，根本没有什么爱情，他只需要这个？……啊，不，亲爱的，我说过，你是我的，你一定将属于我！

生活中充满了屈辱：怎么搞的，难道是嘲弄？为什么事情都要弄得这般畸形？为什么？比如，为什么不让彼得·舒瓦洛夫拿到毕业证书，得到新的工作？如果舒瓦洛夫有个住宅，有了工资，那么一切都不用隐瞒。大家都会微笑并祝贺他：生活吧，高兴吧。不，生活必定要使一切颠倒，夺走一切，为的是压倒你，看你怎么才能挣脱出来……

后来，我记得，已经上了电车了，我对他说："你哪怕给我一副滑雪板也好。""为什么？""冬天快到了，我们可以滑雪上这儿来。"他沉默，觉得受到了侮辱。可是，只过了两天，他跑来了，欢欢喜喜，手里是一把钥匙——快，快，我们快去！上哪儿去？原来是，米什卡·什彼格尔的父母去列宁格勒三天。米什卡本人每天十二点之前是不会进家门的，就这么回事，真棒！他找到了出路！……我只是叹了口气，一块儿上了车。

回忆这三天真像一个童话故事：一所宽大、现代化的住宅呈现在眼前，那样子正是我喜欢的——没有多余的东西。有地毯、沙发、圈椅、前厅，前厅有两道门通向住房和厨房，浴室——足有十五平方米，宽敞的屋内有煤气速热器，室内全部用德国瓷砖嵌成；所有的门上都有玻璃镶嵌着，大厅里还有一架钢琴——人住在这里真舒服！而最主要的是，到处是这么整齐、清洁，没有一处乱扔着东西。假如你不往挂衣柜和别的箱子、柜子看，你会以为这儿没住人。简直是一座装潢美观的超级宾馆。

他毫不客气地走来走去，打开了灯，脱了衣服随便一扔，围巾在一边，帽子在另一边——"喏，怎么样？"——他把别人的房子指给我看，就像是自己的、我们的似的。我点点头，斜眼看着他，心想：对，这就是它，是我所梦想的。我的家也不比这里差，可它是外婆和妈妈的房子，而这一座——就恰恰像我的。等我什么时候有了房子，我就想这么布置的。

那几天我们都提前从课堂溜出来。进大门时，经过开电梯的服务员，她总是用怀疑的目光打量我们一番，问我们上几层，找谁。我们打开三道锁之后，立刻就从里边把门锁上。

小彼得读报，我呢，就围着炉子转，煎土豆和做米高扬式肉饼。厨房明亮宽敞，从那扇窗户可以望见半个莫斯科的景色。他在那里评论政治新闻——他一定知道西彼良柯夫是怎样评论的！我滔滔不绝地讲述我的大学里的事，把做好的饭菜摆在漂亮的碟子里——天哪，真是一首田园诗！我在浴室里把水拍得哗哗地响，躺在宽大的沙发上看书。我们还看电视，那时的荧光屏上还带着好些水纹。我们把唱片放在德国唱机上——唱片有一大堆。彼得最喜欢贝多芬。我弹着主人的钢琴，彼得就躺在我脚下的地毯上醉心地倾听，从下面朝上望着我。我们第一次在生活中拥抱在一起睡去，我差点误了赶地铁回家的时间。那几天，我在电话里不知对外婆胡编了些什么。每天我也不回家吃午饭，也不回家吃晚饭。可以想象，当我带着陌生人的表情回到自己家里时，这一点她是不会没有察觉的。她当然感觉到了——她这么嗅来嗅去：我从哪儿来？我出了什么事？我自己也觉得，自己身上有别人的肥皂味，别人的咖啡味，有我们那高层住宅轻飘飘的气味。

我疲惫不堪地回到家里——我们爱情的花朵慢慢地开放了，它的芳香越来越使我们痴迷。这时我才开始懂得传统风俗的意义：新婚旅游、蜜月、长时间缓慢的亲近。

但这童话，当然，结束了——结束得这么快，就像它突然到来时一样。于是我又问自己：那么以后呢？……我又再一次明白：一切只能靠自己。小彼得洋洋得意于什彼格尔能借给房子住——他和我一起玩了三天家庭生活的游戏，好吧，我们就朝前跑吧。他对我的义务已经完成了——对我还有什么没做的？假如有可能，我们再从谁那儿弄把钥匙来就行了，多么可怜！……

我不知道结果会是怎样，也许，就像许多事情一样毫无办法，但我还对自己说过：不，这个男孩子现在属于我，将来也属于我。我自己负担一切，我就要想尽办法。有别墅，有父亲——当然，找他没有什么用，他被踩在妈妈的脚板底下。但不管怎么说，完全忘掉他也不必要，在困难的时刻还是可以依靠他的。在这个问题上对母亲没有必要说了，她一定会傲慢地说："什么，什么？"又转身问外婆："妈妈，她说的是些什么呀？我不愿听这些污秽的事情。"话题就此结束。而外婆……而外婆最后只要面对现实，加上一切我都决定了时，她未必会一直反对我。她可能还会支持我，退一步说，也会像瑞士一样保持中立状态。

尽管我下了这么大的决心，其实，我根本不知道用什么办法来结束这一切。但就在那时，发生了必然发生的事情：我怀孕了。

我当初是多么小心啊，但……看来，对什么事情都必须付出代价。这一切总是来得这么快，你还什么都没闹明白，更不用说——还没有享受够这种快乐时，还没搞清一切时——另外的操心事却来了：思想全乱套了，恶心，还加上一个幽灵在眼前摇晃，恨不得把头蒙在被子里，在恐怖中牙齿打颤。这都是为了什么呀？

然而，说来也奇怪，我居然平静下来，控制住了自己。现在一切都简单明了。不应当委靡不振，也不应陷于张皇失措。既然已经这样——就这样吧！对谁也用不着使什么诡计和手段，对谁也不必多讲——我要把时间尽量拖长，一直拖到无法干涉的时候。然后，不理睬任何狂吼乱叫，悄悄安静地把孩子生下来。既然要生，就得结婚，就得离开家，就得建立自己的家，这正是我所希望的，把自己的男孩子造就成男子汉。这就是全部的计划。能实现吗？应当实现。彼得，不管你愿意还是不愿意，兄弟，去掉你的游戏，像彼得大帝那样肩负起重担，除此别无他法！……

小彼得听了这桩新闻笑了笑，把头转来转去，用手掌拍了拍我的脑门，就像拍皮球似的——啊，傻瓜，你这个傻瓜！——他又抽他的"杜卡济克"烟，沉思着。后来，我才知道，他打了电话给自己的朋友们，并且立刻去找他们。我坚决地对他说："你记住，我任何办法也不采取。"他点点头，好像说，我懂了，这是对的。

到了一月，期终会考。他得了一个"优"。出乎大家的意料，他转了一个系，当了函授生，便到乌克兰的热电站建筑工地去了；不知道通过谁给他联系的：去吧，到了那儿，人家会很快分给你房子，还能挣大钱。去吧！我们告别了，两个人都哭了。

……二月五日

……我的亲爱的！只是现在我才想起来：从没有在一封信中（我可能用信把你惯坏了）问过，你在那里吃什么？你大概整天在挨饿吧，高兴吗？因为没有我在身边，没有人再冲你呵斥、吓唬你了。你尽量吃，听见了吗？否则干这样的活儿，再不吃，你会落得个什么下场呀？你在我们眼中，本来就是个小孩子，是的，是的，你不必摆架子！你一定要听我的，我是你的妻子，或者比妻子更亲近，懂吗？

我现在已经在悄悄准备到你那里去了。你也认为，我那时没有同意立刻跟你走是聪明的。瞧，有多少困难。如今一切都全仗你的精力去对付了。

我总是在想，我们将怎样地生活。首先，你会迎接我，我们当天就把申请书送交结婚登记处。同意吗？然后你送给我一束鲜花，之后我们就简陋地庆祝一下这有意义的日子。等我们积蓄一点钱时，我们就一块儿去你的哈尔科夫，逛逛商店，买点婴儿的小罩衣。

详细给我描述一下你的房间和女主人。如果你的邻居走了，让她别再招房客。写信告诉我，女主人那里有些什么，我还应带些什么东西来。也许要带张床去？你来接我的时候，带着全组的人，还要开来一部自动卡车！亲人啊，你可知道，我是多么想到你那里去呀！……

……二月五日

……亲爱的，我刚刚收到你二日的来信。今天我已经给你寄出一封信。但这时我不能不再回你一封。

亲人，我不喜欢你那种情绪。非常遗憾，波里斯怎么会这样，他本来答应了，可又不兑现。依我看，认输还太早。你自己说过：不会轻松的，"同意"或"不同意"——经过了自己的斟酌。那么究竟是怎么搞的呢？应该工作。

你应该收到我的那些信了。在信里我都写了，我准备去你那里。我知道你一个人很困难。你和我在一起会轻松吗？我在这里没有任何牵挂，我在这里的日子变得让人担心了——你是知道外婆的——每天晚上她都守在我的床前，听我怎么呼吸。她要掌握我的一切情况，甚至通过我的呼吸。我们什么也不谈，关于你一个字也不提。但我们无声的交谈一刻也没有停止，而且我们俩都知道在说什么。妈妈还好混过去，可是外婆——绝对办不到，这你也知道的。好了，不再谈我的事了。现在最主要的是——你，我的亲爱的。忘掉你那不愿低头和求人的脾气吧。不这样，就无法活下去。为调换一下作业组，换一个作业区去做该做的吧。

我不想把你的信给任何人看。你的情绪，你的退让，都使我不愉快。学院需要的鉴定我已在星期一挂号寄出，你收到后就立即去哈尔科夫，去学院。你必须给德米特里·依万诺维奇打电话联系一下。他在那里是个大人物，他是我父亲的老朋友，他们俩当年在哈尔科夫同过学——我向你保证——他会帮助你的，别不好意思。我们已经跟他讲好了。

我劝你别去想，你将来怎样才能回莫斯科，对此事会有怎样的说法，而是进行，进行，竭力设法，争取工作。你一边工作，一边学习。你到了建筑工地，他们有义务帮助你。他们会帮你的忙的，你别着急。可你自己千万别认输。

当然，我在自己温暖的家里过得很好，上学，听课时胡闹，妈妈把饭放在桌上，晚上我已拿到了电影票。这是一种生活。但是，我和你选择了另一种生活，不是吗？你就认为，你现在已经有了家，你必须考虑到这一点。你要记住，你一辈子都得捍卫自己的权利，争取一些事，克服一些事。这是生活开始了，你应当明白！

最终，要记住自尊。难道你愿意我的外婆幸灾乐祸，让她去讲什么？喏，难道我没说准吗，你们在生活中是一无所获，也做不出什么高尚的业绩来，你怎么有脸回来呀？我难以想象。你是被这泥泞，被沉重的工作、陌生的人群吓住了，但开头总是如此。忍耐吧，认清周围，习惯它！你在工作中仅仅认真地干了几天，怎么搞的？

看吧，房间你有了，工作也有了——如果不喜欢这个工作，就争取调换另一种——你应该忍受一切，经受住一切，听见了吗？我愿意为你抛弃一切，只是不要回到从前的生活中，不要让他们幸灾乐祸。

我明白，你现在在那里完全是孤身奋斗。可，我就要去了。只要你站稳了、办妥了，最终明确了工作——那时我立即就去。最亲爱的，我们应该建立自己的生活，不应绝望！我们已经满了十八周岁，我的亲人，难道还不到时候吗？……

热烈地、热烈地吻你，我相信，我说的你都能做到。

你的阿

……二月七日

……我第三次去了邮局，含着泪离开。你知道吗，我是多么委屈？你给我写信，应该比我给你写信多两倍。仅仅五天时间里我已寄了十封信给你，而自己才收到两封半——两封信和一张明信片。你别拿那些明信片来应付我！你那里是否有什么变化？给德米特里·依万诺维奇打电话了吗？调到别的作业组了吗？收到鉴定书没有，去学院了吗？我什么也不知道，感到非常担心，快写信来。你也没给你妈写信，她也很不高兴。

今天，亲爱的，我第一次去学院上课。累得要死。课程表一般来说排得还不错，可星期四是特别要命的一天。从上午八点到下午两点没有喘息的时间。勉强走到家：恶心得可怕，头也疼。现在稍微好一点了。在学院碰见我的人都说我瘦了。真棒。是不是？我无动于衷，当然，我根本不理会自己的长相。

从学院回来时累极了，简直要倒下来，可我还是专门乘地铁，为的是去邮局。我拖着两条腿勉强走到，可……什么也没有。走着瞧吧，我也会让你尝尝滋味！

我这里没有什么特别的新闻。我非常想念你，我的小宝贝！我走在街上就想起，这些地方都曾经是我和你一同到过的。外婆总是在问："我们的王子上哪儿去了？我们的洛克菲勒怎么不露面了？"我都懒得听她的了。昨天我们两人坐着，正喝茶，我眼睛盯住一个地方不动，只听她又在问什么，问了一次，又一次，我什么也没听见。后来她问到你。"外婆，"我不耐烦地对她说，"彼得放弃了学院，到工地去了。因为他要养家糊口。我准备嫁给他，还要给他生个孩子。""如果这是真的，也并不奇怪，"她回答我说，"但，归根到底，他人在哪儿？你跟他吵架了？"我再也没说别的，就睡觉去了。

同时，她又怎么也不能忘记那件事。你记得吧，那次我们到圆柱大厅去听音乐会，你跑来找我，我们挺着急，你正从身后帮我扣上天蓝色连衣裙的扣子——三十个小扣子！——这时外婆进来看见了。"在我们那个时代，"她没完没了地说，"如果一个年轻的男人，请原谅，给一位女士系扣子，这就意味着……""不对，我们什么也不意味着，什么也不意味！"我对她说，"我们在幼儿园、夏令营就习惯另一种生活方式。""你们？"她拿出自己全部的冷嘲热讽说道，"你们二位，希望你们了解一点，谢天谢地，你们从来没有过什么幼儿园，什么夏令营！"当然，这件事等于向她透露了一点什么。喏，她们爱怎么想就怎么想吧，现在已经快了。

吻你，我的亲人，难道我就等不到你的来信？

……二月八日

……你是我的多么聪明的人啊！在昨天的信中我骂了你，今天我却要赞美你，我的好人。我从学院出来到了邮局，收到了你的信。乌拉！在无轨电车上我就急急忙忙地看了一半。我一边读，一边笑——周围的人会怎么想呢？这太有趣了。昨天我还对自己发誓不去，可今天，当然，又忍不住了。看来，并不是多此一举。负责管理"待收"信的老汉，已经认识我了，不住地对我微笑。

我是多么高兴，看到你的信里写得这么愉快，这么朝气勃勃！啊，说真的，你渐渐就会习惯的，到那时你就会觉得"十月"工地并不是那么可怕了。要像个男子汉！在那里谁照顾你？你吃些什么？一天吃几顿？难道你的女房东除了茶就什么也不会做吗？我在这儿总觉得，你不是因为半月没见我就会死掉，而是因吃不上饭给饿死。干这么重的活应该多吃。

求求你，别老去想自己错了，错了吧，你一点也没干错，你做得完全对。不要理睬那个包里斯。我们敢作敢当。我可以向你保证，我们一定会在"十月"工地生活得很美满！没有一个夜晚我不梦见你和那个小孩，和我们俩在那里的生活。外婆说我在梦中有时哭，有时笑。她像往常一样总是看着我。我没有再去找医生。何必呢？我也觉得这完全是多余的，只不过是自己费钱罢了。可我现在就像彼留什金①一样，积攒每一个戈比。凡是我现在不

---

① 《死魂灵》中的守财奴。

穿的衣服，都悄悄地收拾在一个箱子里了，以便随时带走，不用再翻箱倒柜。我从妈妈那里买了一双露趾的便鞋（你不必大惊小怪，我们家就是这样做法）。现在我要从每次的奖学金里付给她一部分钱。一句话，我像个老鼠似的拖东西，集存一切我们将来过日子用得着的东西。

我等着，等着，等着。快点安排好，快呼唤我去。我想，四月初你一定会捧着鲜花在哈尔科夫欢迎我了。你和德米特里·依万诺维奇联系上了吗？你把鉴定交给学院了吗？工作调换了吗？抓紧时间，抓紧时间去办这些事！把一切都写信告诉我，越详细越好。你是知道的，你的每一个字对我都非常宝贵。

今天上课时我难受极了，过了十分钟我才好些。我们班里的男孩子问我，为什么总是不停地叹气。的确，我现在叹气时像头母牛。

吻你，我可爱的人，吻你二百万次！比你多一百万次！懂吗？

你的阿

……早晨，天空黑得像只靴子。浓雾弥漫，狂风刮起荒原上的积雪。卡车拖着自制的车厢，车厢里挤满了干活的工人。他们身上那昨天就打湿了、今天还没干的短袄和帆布雨衣散发着臭气，混合着劣等烟草难嗅的气味，伴着一连串的粗话，朝前走——卡车在坑坑洼洼的冻土上跳跃……那里黑色的荒原上也覆盖着白雪。风也在怒吼，使那六层楼高的钢筋水泥墙壁都在摇晃。那里，在黑暗中挂着一些黑影——这是看不清的电焊工人吊在皮带上，只有从四周蓝色的火光和纷洒的红色火花才能猜出并相信，有人在那儿干活。而我却幻想：把我派到那里去多好，让我也当当电焊工人，悬挂在高空，总比趴在自己这地狱似的坑道里强。其实我什么也不会，所以就把我塞到混凝土老大娘们的中间去了。在"罐子"里打基础——"舒瓦洛夫，这是临时的。干一两个月。"这里不需要多大本事，穿上胶皮靴站在混凝土稀物里，手拿振动器就行了——自动卡车沿着木跳板开进"罐子"，再卸出一堆。——你就搅拌吧，这就是全部操作。严寒袭来，混凝土冻结，起重机停了，没有电，模板没有搭好。"干这个，再干那个。你呀，知识分子，还不会，别在脚下碍事。"——娥丽加·康斯达基诺夫娜·卡杜克把手一挥，大屁股一扭，在混凝土里转了三米，成为大家取笑的对象。只有一个想法：拖到吃午饭的时间，再直直腰，再说，饿得要命。在整个工地上只有一个小棚子搭的食堂，分成三班吃饭，可是谁遵守秩序呀。大伙儿会哄上去，你就一辈子在后边排着吧，因为"自己人"让"自己的人"加塞儿。"他给我占着位子，你叫唤什么！"——你只好啐一口，最后走开。啃他半个大面包，喝他一杯开水，吃点砂糖，这一顿饭比什么都强。

可不管怎么说，工作时还是轻松的。从早上六点到晚上六点，一天就这么过去了。到晚上，痛苦不堪——力气用尽了。娜达丽娅大婶的小农屋尽管还结实，可是太旧了。小屋里残留着上一世纪积存下来的酸臭的大蒜味儿，旁边和一群鸡、猪住在一间屋子里的，是大婶四十岁左右的傻外甥女。娜达丽娅大婶本人，神经也不很正常。尽管她很善良，却常常大吵大闹——据说，自从她的三个儿子没能从战场上回来，她就变得不正常了。在这幢农舍，最宽敞的上房里住着从西伯利亚来的司机波罗金和他的妻子舒拉，还有他们五岁的女儿斯维达。在小间里是我和木匠尼古拉·秋宁，他是个转业军人。我睡在折叠床上，尼古拉睡在有靠背的沙发上，靠背上摆着一些小象。现在我只有一个最大的愿望：让尼古拉搬进镇上新建的集体宿舍去，那时我就可以挪到沙发上睡，并占领整个这间只有一个小窗户的小房间了。这里没有送水管道。像在沙漠上一样，用水车运水。电只是从六点到十点，而且还不经常有。人们买东西都要跑十六公里路进城，没有电影院，也没有俱乐部——人们怎么活着，为什么要待在这里，我始终不能明白。啊，管他呢，这是他们的事。而我，又是何苦来？事情很明白：在这里我挣不到钱，工资只够吃和住；这里除了这个小房间以外，再过五年也盼不到单元住宅，可是要求住房的人成千上万。不管是这竖在荒无人烟的荒原上的丑陋的"十月"工地，不管是工作，还是周围的人——娥丽加·卡杜克，这条母牛，她不知为什么这样恨我。——这里没有一点能吸引我、让我舍不得走的东西——一句话，错误、愚蠢，应当赶快纠正这错误，再到别的什么地方去——或者是哪儿也不去，照样是愚蠢，难道留在莫斯科就找不到工作——怎么办，怎么办啊？要知道她在等着。她情绪高昂，想象的完全是另一番天地，"献给我一束鲜花"。她主要是出走、逃跑，目前没一个人知道，可以忍受，顶住，自己来改变现状，为的是将来有一天能骄傲地回来，要说：喏，怎么样，谁战胜了？

可悲啊！

又一个早上，休息日，我一直睡到了九点——真享福啊，我还躺着，伸伸懒腰。冬天的太阳欢乐地照在小窗户上。虽然还是冬天，却已露出了令人欣喜的二月的阳光。再过不久就是三月，春天，四月，转眼之间冬天就过完了。邻居波罗金在院子里劈木柴。尼古拉已经走了。他原来打算进城去，他的沙发像军人似的收拾得干干净净，床头上床单和枕头整理得方方正正。是啊，我好像在梦中请他从城里给我买点灌肠和块糖。娜达丽娅大婶在院子里嚷嚷。也不知道她是对母鸡，还是对波罗金大声地唠叨。屋里散发着洗衣服的气味——舒拉·波罗金娜一天到晚不停地洗，就像她是个洗衣女工。她的丈夫则好像不是个司机，而是个穿硬领的外交家。这个年轻的、身体瘦长有点驼背的舒拉，有一双长手，两条长腿。她使我产生了自己也说不清的兴趣：某种神秘的东西把我引向她。她睡在隔壁那间房里，有时候，当墙那边有什么响声的时候，我知道这准是舒拉那瘦骨伶仃的膝盖或手碰在墙上了。我觉得，自己总是奇怪地看着她。她回答我的也是双眉紧锁、出乎意料的询问的目光。只有一点我还没闹明白！我很怕屋子里只剩下我们两个人，甚至现在我一个人躺在这屋里也害怕。怕她忽然进来，站在门口用充满疑问的目光看着我。

但是这儿，当然，待在这间充满了大蒜味、肥皂味和沙发味的房间里的，仅仅是我的身体、眼睛和耳朵——而我自己，已经像一只鸽子飞翔在莫斯科的上空。我工作得不好，漫不经心，跟谁也没有什么往来。使我窒息、自我封闭的原因只有一个：我全部的思念都在那里，在家里。太奇怪了，我最常看见的是我只念过一学期的学院：门、存衣室、楼梯、古老的窗户、教室；我在那里如鱼得水，从第一天起就觉得那里对我非常适合——大概因为这样，它才常常出现在我的记忆中——这甚至是不好的，但却令人轻松。今天是休息日，我可以去米什卡那里——他的住宅也那么令人愉快地出现在我的眼前。在那里我和我的阿里娜秋天度过的短暂的日子……可怜的人，她想象不出这个小茅屋，这个房间。是否为她详详细细地、有声有色地描绘一番呢？瞧，她就睡在这里，我们把小孩床放在这里，在那边，在厨房里她将和舒拉一块儿洗衣服，包甜馅饺子，不，怎么也不能令人相信。而最主要的是弄不懂，弄不懂为了什么，为了哪些说不清道不明的原因，现在我们必须忍受这些？哪怕杀死我，我也弄不懂！为了维护我们的爱情吗？她如果在这里待上两个月难道不会像我一样地垮掉吗？我们是给自己杜撰了一些特别的困难吗？关键全因为孩子吗？在这种情况下，或许就不应要孩子了？我们着什么急。这里边甚至有某种原始的因素：立刻有个孩子，摇摇篮——"谁缺心眼儿——谁就生孩子吧！"可她说过，我什么也不用管。是不用我管，我是知道她的。可是，难道我能欺骗她吗？我从枕头底下拿出她那些装在蓝色小信封里的信——晚上我已在煤油灯下读过它们了。现在我又重读最近的一封，但两眼直冒金星，又想睡觉。我该怎样向她讲述这一切，怎样才能把她说服？还是让她亲自来看看吧。可能，她不害怕，也可能，恰恰相反，两人在一起会轻松些，愉快些——波罗金夫妇不是也在这儿过日子吗？他们甚至过得很满足，小女儿整天在清新的空气里玩耍……好吧，我没有用语言表示——咬紧牙关，可表了态——就得坚持。显然，命运如此：不是在伏尔加河上或阿姆尔河上参加建设伟大水电站，不是当工程主任或工程师，而是在荒原上建筑中央热电站，还只是个接近于干粗活的愚蠢的混凝土工人；不是在工程技术人员的私邸，手持滑雪板站在台阶上，身边站着戴滑雪帽的年轻妻子，而是在娜达丽娅大婶的茅屋里，在深红色的沙发上，以便夜里让小象砸在脑袋上。

舒拉进来了。她站在门槛上——我吓得把被子拉到了喉咙上——她不声不响地看着我，后来问道："你的脸为什么这么红？""红吗？"我欠起身来照了照沙发靠背上的镜子，双腿跪在折叠床上。她走了，然后送来了体温表。我这时觉得真的发烧了，喉咙又痛又痒。舒拉没有离开，我们都沉默着。后来响起了脚步声，是波罗金把一捆柴火扔在了炉子旁边。娜达丽娅大婶一直在大街上嚷嚷。我的体温是三十八度，晚上到了三十九度，而又过了一天一夜之后，急救车把我送到了城里的医院，是肺炎……

……真是傻到了荒唐的地步啊！完全因为偶然、粗心、缺乏经验——结果，瞧，会闹出什么事来。我在学院时就发慌了：那些信在哪儿？我一向是把它们带在身上的。在哪儿？我翻遍了书包，事先已经知道：信不在。昨天晚上我关在厕所里读信，除了那里我没地方一个人待着。当外婆来敲厕所门的时候，我就把信塞到了地毯下面。我想，先放一会儿，回头就拿走。可我没有拿！！！这肯定是外婆干的，讨厌的外婆，她老是跟着我，监视我，说呀，说个没完，埋怨个不停，嗅来嗅去。但愿她们没有找到，但愿没有落入她们的手中！她们会毫不害臊地读完这些信。上帝，那里边都写了些什么呀，用了些什么词句、写得多么详细、怎样的柔情啊！我们都是傻瓜，傻瓜，没有头脑的傻瓜，是孩子啊！我不能想象这些信是别人的眼睛在看，是别人的手在碰！快！……如果她们找到了呢？多么倒霉呀！要知道离我悄悄地出走没有多长时间了，事情就这样了结了，找吧，这些没事干的人。难道真被她们找到了？这个时候小地毯总是在脚下掀了起来，瓦丽亚动手扫地，把它拿到阳台上去拍打——哎呀，糟了，太热了，一想起这件事来血就冲上了头顶……安静一点，安静一点，镇静，我不能激动，要镇静。首先，应该沉着冷静地问：你们怎么敢读别人的信？其次，一概不承认：根本没这回事，都是他的想入非非……不行，白纸黑字是无法赖掉的，这真蠢。好吧，其次就说：对，这是这么回事。将来就是那样。如果你们是人就帮一把，如果你们是野兽，那就别管闲事，别挡道，我们自己可以应付。除此之外不要多说，不要呵，说完之后就不再开口，像受刑似的。就像小时候，当母亲用拴狗的皮带抽打我，我甚至连一滴眼泪都不掉，那么现在也应该如此。坐下来，劝劝自己：激动是有害的，激动是有害的。让她们叫吧，让她们骂吧，对我只有一点要记住：激动是有害的，激动是有害的。

那一天的全部细节我都记得：我怎么害怕，怎么受难，怎么从学院给外婆打电话，探听情况。我想从她那声嘶哑的"听您吩咐"的话音中摸清她们的状态（她憎恨"哈啰"这个词，就像她通常憎恨一切美国式"民主"一样）。然而很难摸清，不过我觉得：她知道这是我打来的电话，也知道为什么打电话来。她也明显地让我感到，她全知道了：我听着呢，我知道是你，可我能对你说什么呢？完蛋了，就是这些。

一次又一次地回忆所发生的事，已经回忆了十次二十次了：我当时怎么坐着，怎么谈，怎么把那一沓白色的、一样的、用药房透明的橡皮筋捆好的信封塞在那块小地毯的下面了。信封上贴着红色的邮票，还有他粗放的叫人高兴的字体。我该说那是怎样的一块地毯呢！哎呀，见鬼了，真见鬼了，老人也有犯错的时候，聪明也有糊涂的时候——现在她们连我的皮箱也都翻遍了。我把妈妈的、娥尔加的好些东西偷来塞进皮箱里了——哎呀，真丢人，真丢人，她们还会叫我是女贼，她们不会可怜我的。瞧，彼得大帝，这就是你的波尔塔瓦战役。下车，到站了！今天如果你能和我在一起该多好啊，也免得我独自一个待在这城市里，带着自己的大肚子，忍受着自己的不幸。

我该怎么办，我怎么到她们那里去？

我的心告诉我，那些信，当然在她们手里了，不可能有这样的怪事，连妈妈也恰巧把工作带回家来干，对，肯定信已经落在她们手里了，肯定的。啊，现在该怎么办？对手得到了意外的机会，应该改变战术，而不是战略。

好歹拖到了晚上，八点钟我才回家。她们没有立即来开门，我懂得，门里边正在策划什么。瓦丽亚见了面，那么不自然地望着我，差点没张嘴大叫起来。"你好！你怎么啦？"我阴沉地对她说道，"请把拖鞋递给我，脚都麻木了。"她跑开了，递来鞋，怜悯地望着我，什么也不敢说，可我全明白了。我脱了衣服，脱了套鞋，对着镜子梳头发，侧耳在听：家里有什么动静？其实，一切都已明明白白。若在平时，外婆应该早就看见了我，只要我的门铃一响，她就拖着两只脚来到我的面前，提出一串串愚蠢的问题——她不停地问，今天我得了几分，忘了我已经进了学院。今天谁也没有走过来，谁也不问什么。妈妈的皮大衣挂在衣架上。"别激动，"我对自己说，"这对婴儿是有害的。"——于是我走上了断头台。

母亲和外婆面对面地坐在饭厅的桌前，桌上放着那些从信封里抽出来的信，就像一群被掐死的小鸟的尸体扔在白蛋壳一边。在沙发上（我没猜错）放着打开的皮箱，摊着像被搜查时一般的乱七八糟的东西。枝形大吊灯亮着，家具闪闪发光，熟悉的画像挂在墙上，我却痛切地感到：这一切已经不是我的家。我童年和少年时代的生活就在这一刻结束了。

母亲目光炯炯，毫不怜悯地直视着我。外婆喘着粗气，不断地擦着那因为流泪肿起来的脸。她缩着肩——从她的神情我明白了：信是她找到的，除了她没有别人。瓦丽亚吓坏了的脸闪了一下就不见了。

"我想，这一切你全都清楚？"母亲说着站了起来，禁止我的任何反驳，"我们也清楚了。穿上衣服，我们去罗伊曼那里，他等着我们呢。"（这是我们认识的妇科医生，母亲和娥尔加都去求过他。）

我还没来得及张嘴，母亲就吼了起来："住嘴！穿上衣服！"

"别作声，"我对自己说，"别回嘴。"

最难过的——是这第二天。一觉醒来——我的上帝！——所有的镜头都朝回转。激情像降落伞似的失落，暴风雨已经过去了，必须振作起来收拾残局。早上比晚上清醒，这话真不是瞎说。可还不如说：早上比晚上难办。我们可怎么办呢？……我孤单单的一个人在别墅醒来，窗外——灰色的天空，飘着小雪花，松树的枝干。看不见一个活人，一只乌鸦飞了过去——这我也很感谢。晚上，邻居柯里亚送来了木柴，帮着生了炉子。这炉子几百年没生过火，光冒烟。现在这屋里还是一股潮湿烧焦的臭味。在炉边暖和，忧闷，我把双脚和腹部靠近它，久久地坐在那里。可快到早晨时又冷透了。我不敢把炉门关严，怕火烧过了，起床又嫌冷，很难受。老实说，我一生中从未一个人住过，真逗。简直不记得曾有过这样的情景：醒来整个住宅只有我一个人，而且还是冬天，在郊外。总而言之，我，当然，是温室里的花，这很丢人，这一切都是外婆教育的结果。我什么也不会，什么都害怕。好吧，眼睛害怕，用手去做。又该弄炉子了，想吃东西，也想哭，但哭对我们是不行的。我随身带着厚实的袜子和裤子，还有浓缩食品，还有通心粉、香肠和茶叶——不管她们怎么盯着我，我却飞快地把这些东西扔进网兜里，另一只手提着小包就走了，甚至连门都没响一下。你们发疯去吧，我还要为自己的婴儿战斗下去。

只有一点困扰着我：他在哪儿？难道我在这里发生的一切他都没有感到吗？我的第一个行动是到他那里去，可是怎么去？两手空空地去？突然闯去？我拍了电报。可是已经过了一星期，还没有回信。我明白：出了什么事了。我最怕的是，他在那地方和什么人吵了架，坚持不住，走了。难道不是每封信都流露出来：何必呢，在莫斯科也可以找到工作。是不是参军了，等等。当然，现在一切都无所谓了，没能做到悄悄地离去。如果他当时回了电报，我已经到那里了。我的上帝，现在在世上我最希望的是：俯视窗外——他戴着帽子，在雪中笑着，穿过篱笆走来。

那个清晨，我仿佛排练了将怎样一个人生活。生活中无奇不有（我怀着奇特的冷静和残酷的心情想象——就像想外婆那样：万一小彼得出了什么事，我以后就永远见不到他了），什么事不会发生呢？母亲不认我为女儿了。正像她说过的那样：如果我不屈服于她，她就把我永远逐出家门。外婆我也再见不到了。父亲——不是个帮手。就这样我生下自己的小女孩，将带着她两个人过活。在学院请一年假，没有钱，我只好种地。柯里亚和他的妻子会帮助我、教给我，我储备一点土豆、白菜就行了，我不需要很多，而婴儿有牛奶就可以活下去。不然也可以去高尔基市，找纽拉奶奶去。对，这太对了！到了那儿就不会完蛋了。在那里什么也不用怕，大家都会帮忙的。这是个好主意。从那儿还可以很快地通知父亲，让他帮助我们，给两个钱。没关系，小宝贝，别害怕，我们能挺住。我们只需要考虑实际的东西：我能干什么和不能干什么。我全能干。可怕的只有一个：就是这样坐在窗口，等待，可谁也等不来。不论是今天，还是明天，永远等不来。其他的都能战胜，只有这一点战胜不了。

我生上了炉子，哭了一阵，镇静一会儿，再哭一阵——直到邻居柯里亚过来，把我请到他们家去。他们的家很温暖，家里的人很多，孩子们在又高又大的床上叫喊着跳蹦，收音机也在大声地叫喊，还有一只肥胖的猫在凳子下面舔牛奶喝。

"……我们找了你三天，你在哪儿，你疯啦！"什彼格尔在电话里大叫，"出了什么事，嗯？……"我不作声，等着。听他关于小彼得说些什么。"我们连哈里科夫都去了一趟，我们把他带回家来了。"这时我感到不舒服，话筒从我手中掉下，整个的人在电话亭里沉了下去，差点坐在地下，后来把大衣全弄脏了——话筒在我面前晃，还在叫，可我什么也弄不明白了。后来，我就乘上车朝他那儿跑——这是白天，我从学院出来后打的电话——虽然我也知道，没有什么可怕的事，但我还是焦急惊慌，因为我怕婴儿会早产。到了，这就是他家昏暗的楼房，这是楼梯，电梯不开。我本来想进门后就说声："啊，您怎么搞的，伯爵？您怎么搞的，彼得大帝？"然后讥讽地一笑。但是，我心不在焉了，我累坏了，我喘不过气来了，勉强爬上了四楼。难道他真的回来了，一定是个病人，脸色苍白——真是胡思乱想，我们又要经受一次失败。喏，好吧，没关系，没关系。尤丽卡来给我开的门。她是他的妹妹，五年级的学生，长着一双长腿："啊哟！您好！"我像火车头似的喘着气，手里还提着一纸袋苹果，还有一罐果酱——怎么说呢，给病人的——我走进去就看见了：什彼格尔和红头发的若尔卡，还有个姑娘——也许是若尔卡的女友——她是个匈牙利人——他们都在大喊大叫，我走进时，他们甚至都没听见。我的人坐在被窝里。他脖子上缠着纱布，消瘦，红色牛仔上衣外面套着一件皮背心，别人围着他，一个个手里拿着玻璃杯，杯里是红葡萄酒。而他，正是他在绘声绘色地对他们讲什么，脸上带着笑，咳嗽着。他讲的一定是有关"十月"小镇的事。我在门口停下来，站住了。我看着他们，像母亲对待儿女，像成年妇人对待孩子们，包括我的完全像个孩子似的他。他唇上突然长出了小胡须，瘦瘦的，穿着一件我没有见过的衬衣，蓝蓝的眼睛，闪着幸福的光芒。他在自己家里，他的伙伴在他的身旁。啊你，我的上帝，我的靠山。这就是他的生活，他的作风——朋友，欢乐，美酒。"大学生从考试到考试舒服得很，而考试一年不过才两次。"我却偏偏缠住了他，造成各种问题：爱情，筑窝、刨洞。如果为了这些窝、这些洞，必须牺牲生活，断送青春，宁可不要。他看见了我——表情立刻就变了：为他坐在那里，在嬉笑、在欢乐，而感到难为情。我仿佛一下子对我们的生活全都明白了：什么将会发生，什么将不会发生。

……丢人现眼也是真正古典式的：喊叫、凌辱，甚至动手。叶列娜·弗拉基米洛芙娜的非贵族教养终于凶相毕露，最后打了阿里娜的耳光，为外婆叫来急救车。我该怎么办呢？当我知道了关于那些信和其他事时，特别是知道了关于罗伊曼同志之后，简直发了狂。同时我感到自己太软弱了，居然能让自己离开"十月"工地。我反正要离开那个地方的，这不必说，但不该是这种做法。这能怪谁呢？我极力在阿里娜面前（也在自己面前）证明自己无罪,是有病。但我们两人都明白:问题不在于病,而是我屈服了。这是痛苦的。但又想冒充英雄行径。

我应当自卫,应当承担罪过和责任,也就是说应当讲:是的,这是我干的,是的,是我有意干的,是的。我准备……我准备干什么?结婚,上班,保卫阿里娜的忠贞,爱她?是的,我当然有这种准备。但,人们要求我干的并不是这些。他们希望我滚蛋,希望我穿着补丁裤子和破皮鞋永远不再露面。我是什么人?"畜牲""下流的家伙",可以看我的信,可以把我轰下楼,可以称我的父亲是劳改犯,尽管他的问题是别的性质,不牵涉人品好坏的问题。总而言之一句话,可以而且应当审判我。我却不能审判别人。连自己的权利也没有。我最好的办法是沉默,"这个人怎么还有脸露面,谁叫他来的?从这里滚开,我跟你要在另一个地方谈话——他姓什么来着,舒瓦洛夫?你记住这一天,舒瓦洛夫,我已经在教育出版社工作了二十年,我跟教育部有联系,从这里滚出去,住——口!"

阿里娜劝我别去,何必呢,有什么意义,难道你以为这会对事情有什么帮助?等等。坦率地说,我并不那么想去。但是,为了外婆,我不能不去:我必须把前前后后的事情对她解释清楚。在她的面前我有错,事实上我只觉得在这一点上有过错,而不是别的什么。我欺骗了外婆,我瞒哄了她,坑害了她。哪怕是让我再也不到他们家去,根本不来往,不喝她的茶也不吃她的果酱,只有她有权利说我是下流的家伙,是畜牲:她信任过我,把我当成一个天真无邪的小男孩子,可我呢?我怎么向她证明,说我没有过失，可事情就这么发生了？说我愿意来看她，首先向她承认一切，并且首先向她求教和请求帮助？她本来可能成为我们最重要的支持者，是我把她变成了敌人。我在她面前怎样请求宽恕，让我说什么呢？

但是，外婆喊出来的尽是难听的话（"他是不爱她的！"），什么也不听，把手只伸向阿里娜，眼睛只望着阿里娜。我们两人靠墙站着，后脑勺靠在画框上，倒背着双手。我咳嗽。小狗哥什卡爬卧在我们脚下。外婆坐在桌边。叶列娜·弗拉基米洛芙娜穿一件男式西服上衣，在我们面前满屋里大步走来走去，只吐唾沫，不时又坐下去。她宣布了最后的决定："明天就去找罗伊曼。以后不许他（用手指我）再来见我。一个星期以后……"我打断她的话说："阿里娜，我们受够了，我们离开这儿。"就是说这句话时，她们要把我轰下楼。"我们走，阿里娜。要么你跟我一块儿走，要么……"我又咳嗽起来，而且汗如雨下。外婆气喘着，用拳头捶桌子，哑着嗓子不知朝谁嚷嚷："住嘴！"——这是冲我，我是冲叶列娜·弗拉基米洛芙娜。如果我处在外婆的地位，我一定会为自己的女儿感到害羞。瓦丽亚一手端着一杯药酒，一手拿着墩布瞎跑——也许，必要时可用它来教训我的皮肉。

阿里娜把我拖到门厅，推到楼梯口，说："你走吧，我一会儿就来，走吧，我已经对你说过了。"这时身后传来叫喊声，有人打电话要急救车，狗跟着我跑了出来，阿里娜拽住了它的颈圈往回拖。当我顺着楼梯往下跑时，我气得直撕围巾和衬衣，用帽子抽自己的脸。凭什么这样侮辱我？为什么这样仇视我？因为我比她们更爱她吗？因为我年龄小，因为我穷吗？但我们不是生活在沙皇统治下（他妈的！），我会长大，我要建成雄伟的水坝和新的城市。你们将来会知道我是怎样一个人的。你们这几个孤陋寡闻的女人，你们将来会认识到每个人的价值！……我从楼梯上飞奔而下，在窗下狂奔乱跑。我觉得，如果窗口不是那么高的话，我会用石头把窗户砸个粉碎，让它见鬼去吧，我能想象得出，她们怎么在继续折磨阿里娜，尽管她那奇怪的沉着和冷静使我感到惊讶。她对于一切仿佛都不在乎，甚至那些耳光，我觉得耳光对她也没起任何作用。就在这时我却扑了过去，大吼起来，保护她。可她，抓住我的袖口，还冲我使眼色，好像说：别往里钻，没什么可怕的。只见她的手闪来闪去——看得出那老娘的巴掌可不轻——她只是轻蔑不屑地皱了皱额头，然后朝外婆瞟上一眼。外婆正随着每一巴掌，"哎哟！哎哟！哎哟！"地直叫，就像打在她身上似的。

我又咒骂自己为什么要走，为什么要听她的；又是阿里娜在指挥一切，她把什么都揽在自己身上——我本想奔回门洞去，可这时来了一辆车，谢尔盖·谢尔盖维奇从车上走了下来，向大门走去。他穿着皮大衣、斜戴着小羊皮帽子。我应当追上他，跟他谈谈，可是霎时间我没想起这么做，胆怯了，当我恍然大悟时——他已经不见人影了。

怎么办？我乱跑，瞎折腾了一阵。阿里娜一直不出来，汗水湿透了我全身，我咳嗽得更厉害了。我在公园电话处给若拉打通了电话，让朋友们去我那里，我也跑回了家——正是那条路，正是那条街。在落满白雪的黑色菩提树下，沿着看门人打扫的、铺了沙子的人行道，经过她的学校——所有这些地方，还是不久前我们在雨中笑着奔跑过的。那时我们完全是孩子，无忧无虑、天真无邪，什么也不懂。这还不到一年的时间——真没想到！

我们等阿里娜直到深夜，可她没有来。我的朋友们和我坐在厨房里耐心地、默默地等待她。他们在抽烟，我也抽，咳嗽。我母亲小心翼翼地在我们身边转来转去。她知道我们在决定什么事情，在等待什么事情，可是又不敢问——我早已用自己的事搞得她惶惶不安了：到这儿了，去那儿了，突然垮了，又回来了，怎么回事，为什么——"你别问，妈妈，以后我会告诉你。"

她们没让阿里娜接电话，把话筒挂了。我打算和她一起坐车去别墅，在那里躲起来，所以我就收拾了一些东西。哥们儿准备送我们去。我们等啊，等了好久。后来来了个头脑清醒的马斯连尼柯夫。他坐下来，喝茶，抽烟，晃着腿说："我可爱的人，但是，如果没有这个别墅，那该上哪儿？你要明白，这是她的别墅，不是吗？那么你，在别墅里又是怎么回事？你想想。"他们三个人都用眼睛一齐盯着我，我只有沉默，低下了头。我努力控制住咳嗽。我怕他们认为我是借此在求饶，好像我在表示：你们没看见吗？我病了，我能怎么办？真的我又能怎么办呢？

"你能在那里租房子，在这里也可以租，既然你在那儿能工作，在这儿也能找到工作。"马斯连尼柯夫头头是道地分析着，他用眼睛环视哥们儿，在寻求支持者，可他们都不看他。"你懂吗？事情的本质是，别人帮不上忙。""是帮不上。可也未必需要吧？"

什彼格尔说，"看来她不会来了。""她会来的。"我没有说出声来，只是自言自语，"她会来的。"

我们在厨房里坐着，坐了很久。随着每一分钟的等待，什么东西正在消失。我感到不舒服，在朋友面前也觉得难为情了。"太晚了，你们回去吧！"可是他们不走。夜晚的街，它那不同的景色，总不能在脑海中消逝，那时是春天，现在是冬天了。在街上我曾看见了一个穿中学生制服的小姑娘，一双眼睛里满盈着爱；也看见了自己，那么无忧无虑、轻松的样子——我使她喜欢，这使我心里高兴得美滋滋的，在不知不觉中，我也爱上了她。一切改变得多么快，究竟为什么这么快？平坦、欢乐的巨流在浅滩上跃起，卷入漩涡，又以瀑布之势一落千丈。我看到朋友们同情我，但不赞成我，也不理解我，我们——他们和我——对生活的观念、生活应当是怎样的，以及人们应当如何去处理，这些与实际生活、与人们实际生活和品行，没有一点共同之处。我们不需要现在这样的生活，我们不了解这种生活，也不愿去了解它。我们无论如何不能相信它的真实性，因而不管人类的不彻底性也罢，改变状况的力量也罢，掩盖另一种谎言的鬼话也罢，我们一概不接受。我们的解释是直言不讳的，结论只有一个，判决是严酷的。生活——按我们少年人的观点——极为野蛮和不符合逻辑。

还有一件事不能从我的记忆中清除：已经是在我回来后的这几天，阿里娜硬拉我去看电影——何必那样勉强呢？——但她一定坚持要去，说以后再也看不见了。原来在电影纪录片《每日新闻》中出现了我和她的镜头：瞧，真是件大事！这事发生在新年前夕。我们跑到圆柱大厅去听音乐会——记得，我正替她系连衣裙扣子的时候外婆进来了。那一天阿尔卡金·拉伊金参加演出。瞧，银幕上在介绍拉伊金，然后是观众的镜头，在那些鼓掌的欢笑的人群中，闪出了我们两个，年纪轻轻，打扮得漂漂亮亮的——太妙了——一下子脸都红了——接着又闪现了一次——摄影师大概很喜欢我们。旁观我们自己，使我不胜惊讶：也许我们还年少，但却是非常合适的、独立自主的、天生美满的一对，我们的外表都很漂亮。于是我明白了，阿里娜为什么希望我不要错过这个机会。我们的脸闪烁着爱的光辉，我们的笑发自心底。我牵着她的手就像牵着自己的人儿。如果外婆或者叶列娜·弗拉基米洛芙娜忽然看见了这个新闻片，那么她们就不该去偷看什么信件了。

但问题不在这里，现在我在回忆：这两个在银幕上快活幸福的年轻人，和两个现在正在大厅看他们的年轻人，差别何等大啊。如果再为我们拍一次，我穿着大衣，戴着围巾，一味地咳嗽，而她则两眼无神，被一件操心事折磨得无精打采，那么这两个镜头的强烈对照会让人吓一跳的。然而，时间只不过才两个月，真快。

总之，她没有来。啊，还说什么呢，弟兄们，请原谅吧。看来，是出了什么事，今天嘛，大概，不会来了。

但是她应该来，应该来，就应该今天来。

后来，我一个人久久地站在窗前，抽烟，咳嗽，点燃煤气炉热了牛奶，加上苏打水趁热喝，烫得眼泪都流出来了。

……急救车开走了。外婆被安置在床上的几个枕头中间。她的话匣子一打开，一夜也不停住。急救车上的医生给她注射的好像不是镇静剂，而是兴奋剂。"让她走！"她说，"你走吧，小阿里娜，你走吧，爱上哪儿上哪儿。你没我们自己什么都能决定，那你就自己去过日子。你不需要我们（'不需要。'——我心里回答说）。让她走吧，列娜，别理她，别再跟她废话。让她走吧，让她跟自己那个伯爵生活去。看着吧，看着她将来怎么跑回来。（'怎么可能啊！'）让她啃自己的胳膊肘吧！让她过一个星期没有热水、没有干净的床单，光吃土豆加面条的日子。'瓦丽亚，递给我，瓦丽亚，接过去！'——我们等着看吧，看她能混几天。你走吧，亲爱的，那个可恶的贱民对于你，更重要，更重要！（'那你们是什么人呢！'）你知道吗，你一生中还会认识多少这类男孩子？（'我才不像你们那样呢！'）真浑哪！不，让她走。跟上帝去吧！列娜，她要的东西都给她。（'这样倒是不错。'）让她走，跟上帝去吧！让她尝尝苦日子的滋味，她就明白了。您今天准备上哪儿去过夜，能告诉我们吗？说不定明天早晨我们会献上一束鲜花，以示祝贺……"

一会儿又从头开始了："你走吧，走吧，赶快走……"

我没有回答一个字，我也不跟她们谈什么话了。我坚持什么也不回答，就自己坐在房间的窗台前，用手指头擦呀擦，然后再用指甲刮白颜色上的墨迹。其他什么事也不干，一句话也不说，一点声音也不发。母亲最后把门一摔，走了。她最后又说了一次，明天一定去找罗伊曼。瓦丽亚满脸惊慌，忽而露个面，忽而又一声不响地不见了。她在照顾外婆。我坐在那里，不脱衣服也不穿衣服，不走也不留下，但已经很清楚：不走了。为什么我不走？为什么要像个抱窝的母鸡似的坐着？我自己也不知道。我挨耳光时为什么只皱皱额头，好像打的不是我。我仿佛从远处，透过望远镜在观察母亲似的；看她怎么吼叫，看她那老态的颈项怎么颤抖，看她那大鼻子大眼跟外婆一模一样的漂亮劲儿，看她那金牙套怎么在嘴里闪光，唾沫由于愤怒怎么从口中飞溅出来。我心想，她对于我来说，是一个多么陌生的、多么令人讨厌的人，她怎么就不明白，她的话对我不起任何作用。耳光也是如此。我不应该激动，这对我是有害的。当然，在另一种情况下，我也会大嚷大叫，也会歇斯底里大发作，但现在我不能，就是这么的。让我怎么说服你们呢，你们叫喊，你们发火，都无济于事。外婆已经感到难受了，母亲满面通红，前额上是一块块白斑。上帝，我甚至可怜她们——要知道她们没有任何错误，她们是希望如何能更好，她们是为我在卖气力，希望我事事如意——这还用说嘛，养育了一年又一年，培育、爱护，像对待花儿一样——结果呢，培养出这么一个人物来！等到我的小女儿长大了，那时我也老了——很有趣，当她牵着自己的亚当的手，来到我面前时，我会有什么反应呢？让她打吧，可能，她是对的。至于我嘛，就是忍耐，其他什么也不干。主要的是别激动。主要的是千万不要碰那个地方，不要打在下面。至于腰以上的地方，任你们打，任你们擂，任你们折磨灵魂，但是那里必须安静，这就行了。我不去别的地方也只因为这个。我可怜的小彼得，我可以想象，现在他在那儿怎么发狂；也知道他想些什么；知道他怎么觉得极大的侮辱，说不定他在那里咒骂两个女妖精的同时，也捎带上了我。但是，我能上哪儿去呢？我大着肚子睡在哪里才能让他放心呢？外婆说得对：我需要热水，需要清洁的床单。反正我不会把这个小女儿给你们，随便你们怎么办！这个女孩将是我的。

"你对生活一窍不通。"外婆喋喋不休地说，"你指望什么，等待什么？难道你上学，上大学，我们培养你，就是为了这个吗？（'可能就是为了这个！'）喏，我懂，丈夫生活有了保障，你自己能够独立过日子，一切都安排得妥妥当当时——谢天谢地，你就生嘛，谁能对你说什么。可现在生什么呀……"说句真话，连我自己也不知道为了什么。老实说，现在没有任何希望，也摆脱不了耻辱；等待小彼得的帮助太傻了，一时半会儿等不来。甚至还拿不准他对这个小女儿和当妈妈的我采取什么态度。小彼得也像其他的人一样远远退到了一边，远到了用望远镜的距离。我不知道，我不知道，现在又不是我自己在支配自己，而是别人的意志，是细菌在指挥我的行动，它不准我向前跨上一步：就是这样——它在指挥——不能有别的选择。当然，别的女孩子处在我这样的地位早就跑到罗伊曼那儿去了，一切该做的事都做了，然后就会把这段历史忘在脑后，就像忘记一个可怕的梦似的。

"……你会忘记这段历史的，就像忘记一个可怕的梦一样，"外婆从床上朝我这边弯过身子喃喃地说，"你还可以照样悄悄地朝他那儿跑，但不要像发生火灾似的让人看热闹，也不要像贴广告似的闹得满城风雨。你以为，我就没有过浪漫史？（'我没有那么想。'）你以为我就没有这样固执过——哪怕打死我，我也要走——有过的，有过的，什么事情都有过，天哪，请你饶恕我这有罪的灵魂吧！但，要有个界限，有个限度……"（"说吧，你说吧！"）可我知道应该做什么：打个电话给罗伊曼，明天就去他那里，求他帮忙，让他告诉我，为我做一切，否则期限一过，就晚了。不行，有点怕母亲。应该生病，吃雪，吃冰淇淋，淋浴后光身跑到阳台上去。发烧、肺炎，什么也不能做。是的，可小女孩怎么办？这对她是有害的……为什么总提小女孩、小女孩，说不定真是不应该要这个小女孩？"……你要个小孩子干什么，你自己还是个小孩呢。你什么也不会，什么也不懂，我已经不能帮你的忙了，我的歌儿已经唱完了，我还有什么用？"（"读别人的信，让鬼把你弄死！"）

她就这么说呀说呀说个没完，我就在心里回答。她又抱怨又呻吟，一会儿又流泪，一会儿又骂小彼得是恶棍。"他既然能骗了我，也能骗了你，走着瞧吧！"她吓唬说，如果我不按照她们的吩咐去做，她就去死，不活了。"宁愿死了，也比看见你破衣烂衫好——你得围着锅台、洗衣盆转，一分一分地攒钱，你妈绝不会帮助你的，你是知道她的！"（"我知道，我知道，谢谢！我也不指望她！"）

我一直等到家里安静下来，到浴室收拾了一下，洗了洗，然后来到厨房。瓦丽亚像个中国不倒翁似的从自己的折叠床上一下子站了起来——神经的紧张已经使她进入可怕的梦乡。"嗒？"她那双忠实的眼睛在问我。我只是挥了挥手，瓦丽亚可垂头丧气了。

我喝了一杯凉茶，嚼了一块砂糖。我饿坏了，但我决定从她们这儿什么多的东西也不拿。她们想要撵我走是办不到的。归根结底这是我的家，我的户口在这儿，所以少号叫为好。将来我把小女孩的户口也上在这儿，我有这个权利。确切无疑。她们用这种办法整我，我就用这种方法对付她们，以暴力对暴力，以恶意对恶意。老实说，她们生活得并非不好，我们，就不行？我们妨碍了她们？……没有。我们也是人，而且，我们也已经成年了……上帝啊，我心里都想了些什么呀，说了些什么呀，可别让别人听见！又是那个古怪的、陌生的细菌在支配我，而我顺从地听它支配，听命于它可恶的逻辑。我极力自卫，并且已经准备大闹一番，像最没良心的牲口似的和亲妈把住所居住面积劈两半。"您有何吩咐？"细菌在吼，"等死吗？让她们占有这儿三间一套的房子，另外还有别墅，还可以去疗养？夺回来！……"

我穿着睡衣坐在那里，瓦丽亚陪着我。我机械地摸了摸自己的肚子，瓦丽亚用悲戚的目光看了一眼，怯声地问道："加里娜，多久了？"（她从来也不懂，也叫不出"阿里娜"这个词。）我冲她伸出了三个手指头。瓦丽亚像不倒翁似的直摇头晃脑，又念经似的嘟囔："哎呀——哎呀——哎呀！"这时我忽然明白，现在我还可以信赖谁了：就是瓦丽亚。"喏，难道我们就照顾不了他？"我悄悄地说，"喏，这算得了什么，瓦丽亚？喏，多可惜呀，你说呢？……"她趴在我身上大哭起来，抚摸我的双手——我也控制不住了，泪水像小河似的淌了下来。这时，肚子抽搐起来，恶心，我害怕了——眼泪立刻就干了：哭泣是有害的。不，我决不愿把这个小女孩给任何人。

最后，外婆也摇摇晃晃地到厨房里来了。她不能让我一个人哪怕是待上十五分钟。于是劝告又开始了："这是野人、驴子、贱民的固执。喏，你这么做对谁有坏处？对谁？你破坏了谁的生活？……""自己的！"我终于大声嚷了出来，而且声音充满了那样的憎恨，吓得外婆倒退了一步。"自己的！因此用不着你们！"

"……你知道吗，"小彼得说道，他聚精会神，他把停顿的时间拖长，"你知道吗……"

我和他在亚乌扎河上方的街心花园漫步。那里就是他第一次为我跑去买冰淇淋的地方——现在，三月的融化了的雪水，在我们脚下喷喷作响，太阳金光灿烂，家雀叽叽喳喳叫着在蓝色的雪水坑里洗澡跳跃。

我早就听见了，我早就知道了——一切他准备和我谈的难于出口的话的全部内容："让我们好好想想……也许，不值得……对我嘛，没什么，可对你呢，你将来怎么办……"等等类似的话。小彼得是个漂亮的可爱的小伙子，这种天气使他的眼睛变得蓝蓝的，同时充满着不安和对我的关怀：我怎么样，我怎么办？他理了发，他决定蓄起的小胡子非常适合他。新年我送他的红褐色围巾围在喉咙上，飘在背后。帽子扣在后脑勺上，手里拿着一根小树枝——嗖嗖地抽打着空气，抽打着长凳上的残雪，抽打着潮湿的、迎着春天伸展开来的红色的柳树枝子。

"你不必苦恼。"我直截了当地对他说，"你爱我吗？"

"是的，"他高兴了起来，"但是……"

"不用'但是'。你爱我吗？"

"是的，当然啦。"

不管是"但是"，是"当然"，还是他那怅然若失的眼神都叫我不喜欢。然而这使我奇怪地高兴，仿佛我得到了自由，仿佛我又是只身一人，就像一朵孤寂的白云，离开人们飘浮到任何地方，而且还从意想不到的高处俯瞰下边发生的一切。

"如果你爱，那就什么也不用怕。"我用外婆的声调说，"你怕什么呢？"

"我不怕，你怎么啦？"

"好吧，不怕好。我要生这个孩子，我已经决定了。"

"对，当然啰，可是怎么生呀？你想想，实际……"

"如果你不愿意，我可以给他找另外一个父亲。"

"你怎么啦，发疯了？"

我们面对面地站着，嬉笑，树枝儿在抽打——嗖，嗖，仿佛什么事也不曾发生过，一切都是那么简单，那么好，然而事情发生了那么多啊——雪在融化，水在滴落，车在轰响，太阳在闪光、在照耀，鸟儿在啁啾、在飞翔。这么多啊，使得眼睛发酸，头发晕。

"为什么你偏在这儿坐着？"他问道，"为什么你不走？若尔卡找到了一间房，他们答应给妈妈找一份工作……"

"何必呢？难道我没有权利住在那里吗？如果你想知道的话，连你也有权利住在那里，只要我们登记。"

细菌，细菌，细菌在活动，跳出舌头来嘲弄大家。

他望了我一眼，愣住了，是谁在这么说话？

"喏，你知道吗，我最好还是住在……"

"喏，在哪儿，在哪儿？我自己什么都知道。你只是别妨碍我就行了。"

"那我，我干什么呢？"

"你？没你可干的事，逛你的去吧。"

"你神经不正常。"

我们又笑了。水在流，在滴，阳光在闪耀，哪儿在嗡嗡地响，嗖！一根树枝在叫，他想吻我——我不让他吻。一接吻我的肚子立刻像电梯似的下沉。我怕，这样是有害的。

我像以往一样地沉默，跟谁也不交谈。但是，我留在家里，她们——以为这是我俯首听命的迹象，她们也不知道我想些什么。我起床比所有人都早，尽量轻手轻脚地离开家，也不吃早饭，我沉默不语。

安静的时刻终于结束了。一个明媚的早晨，母亲和我同时起床，并对我说："你父亲今天走，去伏龙涅什市出差三天，我已经和罗伊曼讲好了，他明天上午十点钟来。你先准备好。"她不让我表示任何异议，"不用害怕。你甚至一点感觉都没有。我告诉你吧。他不会白拿七十卢布的。"

她没有忘掉提起钱的事。我想挖苦地问问她，要我用几次助学金，什么时候把钱还给她，但我忍住了。

"妈妈，我不想这么做。"

"我再也不愿谈这件事了。"

"可是这对我，比对任何人都更有关系呀！"

"明天十点人就到这里来。"

我走到街上，停住，也明白了：我无路可走。既不能去学院，也不能回家，哪儿也不能去。我的力量耗尽了。而且我懂得，这一切将在明天进行：动作麻利的、洒着香水的罗伊曼，他看也不看你，你就好像是个木头板凳。女护士、注射、可怕的工具。我的肚子绞痛起来，就像有人用靴子踢了它一脚。这个念头使我很伤心：可怜的小女儿就像小鸡雏在哥什卡的爪子下面挣扎。这世界的安排太奇怪了：就在这一秒钟，有多少妇女大约都在自愿地做着我该做的事。而我，像个傻瓜似的在说：不，就这样。这是怎么回事？是一种什么力量在支持我？

我穿过街，到那个玻璃碎了的电话亭打电话——如果有人记得的话，那时的电话亭还是木头房子。这个电话亭的门脱落在一旁，玻璃全碎了——我拿起话筒，跟沙萨·西彼良柯夫通了电话。

"沙萨，"我说，"我亟须和您谈谈。您能抽出半小时吗？""我？为了您，"他好像在歌唱，声音抑扬顿挫的，"阿里娜，请您可怜可怜我吧（你要是知道，什么意外的礼物在等着你呢！），这么回事，今天十四点三十分我这儿有英国人来访，然后……我们必须今天见面吗？""今天。"我的声调使他不再开玩笑了。"好，七点钟，七点半，我到您那儿去。""最好我去您那里。"他惊奇了："好，到我这儿。地址你记得吗？我等你。"

这就是一切。

就这样我生了自己的小女儿。

沙萨·西彼良柯夫总是让我吃苹果。不知他从哪本书读到的，说如果多吃苹果，婴儿就有非常漂亮的皮肤。他像以往一样教我英文，带我上剧院。他忙忙活活，关心这、关心那的挺可爱，就像我实际上是他的妻子，而他正在等待着自己的孩子降临似的。可是，我愈是和他一起、住在他的房子里，观察他，听他讲话——我们应该住在一个房间里，哪怕分开睡呢——他愈是使我不喜欢：他是个懦夫、当仆人的料、吝啬鬼。他恨周围的一切，因为，按他的说法，别人都不器重他。

我住在西彼良柯夫那里的时候，略霞，也就是列阿尼得·弗拉谢维奇·诺里，老是来做客。他常去看望外婆，然后总是从外婆那儿来看我。"您给外婆打个电话吧，"他没完没了地纠缠说，"打吧，别像个党卫军似的。谁也没有什么错，可她是爱您的。"

"我也爱她。"我说，但电话没打。我的家、外婆、母亲、彼得、尼哥尔斯克——都好似在另一个国家里，在另一块大陆上，而不是只有三站地铁的路程。不知为了什么她们使我委屈到这种程度——恨不能统统忘掉才好。

其实，有时我也打电话，我也好，外婆也好，都不流露自己的感情：家里怎么样？身体健康吗？一切都正常，谢谢。没有请求，没有眼泪，也没有解释。我和她之间的解释在夜间。当我躺在床上，眼望天花板的时候，我知道就在这一刻，她也正这样和我交谈。当外婆病了，把她送进医院的时候——我们全家已经瓦解了——那时我正在里加海滨休养。不知沙萨从哪儿给我弄到了一张休养证，略霞送我上了火车——我大着肚子在美丽的夏季白色的浴场上散步、给海鸥喂吃的，什么也不知道。外婆临终时我不在身边，那时我恰巧在产院里，在痛苦中生下了自己的小女儿。

卷后记

关于翻译小说

翻译小说能收入文集，有些偶然。

助我编辑文集的周立民和他的助手王伟歌，都是非常认真负责，甚至有点较真儿的同志。除了收集成册的作品之外，他们有本事把这些年我散落在各地期刊、报纸的小说散文都搜寻到。虽说当下现代化手段颇多，也是需要人来操作费一番气力，反正我是很佩服他们的。因为人在北京、上海两地，我们之间联系全靠微信。一天，他微信给我，说我曾在《外国文学》期刊发表过两篇翻译小说。经他提醒，我想起来了，是有这么回事，不过，那可是好多年前的事了。

当年，《外国文学》也是众多文学刊物中的佼佼者，我自然也是他们忠实的读者。大概因为我也是学俄语的，跟社里的俄文编辑更熟些，高莽同志也是我的朋友。他鼓励我也译一篇小说试试，并帮我在当时的苏联文学作品中，挑选了几篇较受欢迎的作品。于是，我放下了手头中文小说的写作，兴致勃勃地开始翻译俄文小说，还暗自庆幸，总算没白学了一回俄文。谁知，一开始翻译我就后悔了，太难了！

虽说在大学时，我的专业学习成绩不错；后来又分配到中央广播事业局做了几年与俄文有关的工作，可是，毕竟离开俄文工作十几年了，打开原著真仿佛见到了一个陌生人。无奈原著已经摆在案头，打退堂鼓也晚了，硬着头皮上吧！夜以继日千辛万苦总算被我给翻译出来了。

不过，自知之明还是有的，译稿根本不敢上交编辑部。只好求救于俄文翻译界的高手高莽同志，请他受累帮我校正一遍，所幸高莽同志慨然应允了。俄语是世界上语法最繁复的语种之一，他们本民族的人有时也弄错，何况外人。如果当时没有高莽同志替我把关，我是绝对不敢发表的。

在这里我想说明的是，小说翻译的美丑不论，忠实于原著没有错误这是我敢保证的。"保证"并非来自译者自己的认真负责，而是全凭着背后高莽同志精准的校对。只可叹世事无常，高莽同志已离我们而去。两篇翻译小说收入文集，也是为了纪念好友高莽同志。

二〇一八年四月五日

时年八十三

谌容小传

　　记得除了有关单位要求填写的履历表，自己从未写过自传之类的文字。也因此，有关作者的年龄、出生地、祖籍、家庭、经历等，被介绍时多有差误。其实，差不差的也不是什么大事，因而也就一直没去管它。直到这次出版文集时，周围的朋友特别是编辑部的同志们都劝我还是写一篇小传，把自己的来龙去脉说清楚比较好。也好，那就从头说起吧。

　　首先，我这个姓，《百家姓》上就没有。谌，这个字《新华字典》上只有一个音：chén。我们家祖祖辈辈却念"甚"。记得四十年前，中央人民广播电台连播我的小说，天天结束时，夏青同志都要用悦耳的声音说：这是女作家"陈容"的作品。我听着觉得别扭，给电台打了个电话，那边回复说，电台播音的依据是《新华字典》，又客气地说，别的字典可以证明是多音字也行。如果这事放在今天，我肯定是听之任之，绝不会去打那个电话。可笑那时，放下电话就搬出几本字典，还真被我找到了。《康熙字典》上"谌"字作为姓氏时有三个音："陈""甚""真"。谌，是谨慎的意思。当时我还如获至宝，立刻就特别高兴地通知了电台。结果，在最后几天的播出中，夏青同志只好加上一句："谌容"同志就是大家熟悉的女作家"陈容"同志。

"谌容"是我的名字也是笔名。我今年八十三岁，汉族，祖籍重庆巫山县，一九三五年十月二十五日出生于湖北汉口，出生后在汉口居住约两年。据家人说，一岁多时我曾患小儿肺炎，眼看气息奄奄生还无望，已被家人从床上挪放于地。幸蒙中医名家冉雪峰先生到来，一服中药把我从死亡线上拉了回来（冉先生是巫山县人，家父的小同乡）。这也算作者生命中的大事件。救命之恩难忘，至今我对中华医学顶礼膜拜坚信不疑。

一九三七年日寇入侵，父亲供职的机关疏散南迁，两岁多时随家人乘船逃难至四川成都。一九四二年的一天，日本飞机突然轰炸，因年幼不及避入防空洞，炸弹近在咫尺爆炸，当场家人头部中弹片血流满面。如无家人身体遮挡护佑，可能我就难逃一死，那年我七岁。

一九四三年日寇对我大后方的城市狂轰滥炸，全家随父亲的机关疏散至重庆巴县歇马乡，我就读于歇马乡村里的"小弯小学"。记得上学的路上周围是一片水田，学校门前有一条小河。河岸边有一家人开了个油坊，油坊那架很大的木头水车昼夜在河里转动，掀起小小的透亮的水帘子。每天上学都要站河边看一会儿慢慢转动的水车，然后才踏过小石板桥跑进校门。四十年后我又回到那里，学校简陋的小院儿还在，只是旁边盖起了新楼。校门前的小河干枯了，水车没有了，油坊老板也搬走了。

一九四五年抗战胜利，父亲工作调动至北京，我的小学生涯才算断断续续告一段落，终于在北京东单三条私立"明明小学"毕业。这个小学设在胡同中的一栋洋楼里，颇有点"贵族气"。记得毕业典礼那天，一位女老师拿了一套外国机器来，教我们自己做冰淇淋以示庆祝。那是我第一次吃冰淇淋，所以记忆犹新。毕业后我考入当时的北京北新桥女二中。

一九四七年年底父亲调回重庆，全家随行。我考入重庆南岸女二中，读到初中二年级。在这个学校印象最深刻的一件事，是重庆解放前夕国民党撤退时放的那一把大火。那天夜里，我们站在学校的山坡上隔江远望，只见对面城里一片火光，烧红了半边天。师生们都惊恐万分，怕回不去城里了。后来才知道是那个国民政府的市长杨森逃跑前下令放的火。回城时从码头上来，我看见林森路一条街几乎被烧光了。

一九五〇年刚解放时，父亲的历史问题尚未作结论，工作也没有落实，父母就把我和妹妹送到了成都一个远房亲戚家。在亲戚家住着很不适应，不到一年，我就自作主张买车票带着妹妹回了重庆。

一九五一年返回重庆。三月，重庆西南工人出版社门市部（书店）招考售书员，我去报考，被录取了，算是参加了革命工作。

当时书店是开架售书，店员的任务是站在一旁监管服务。无奈当时年龄太小（十五岁），只顾站在书摊旁看小说，完全忘了自身的职责，以至于在我的看守之下许多书都不翼而飞，被领导批评教育是家常便饭。大概是因为屡教不改，经理就把我调去开发票。对这次的调动我心中窃喜，开发票只要不写错就行，丢书就跟我没有关系了。那时刚解放，文化人都比较穷，书店里看书的人多，"偷"书的人也不少，买书的人却不多，开发票的工作相对轻闲，责任也小些。虽然顾客多的时候不便低头看书，人少时还是可以的。因而就盼着下雨，那种天气逛书店的人寥寥无几，可以堂而皇之地坐在桌子后面看小说，经理也不会管你。往事如烟，一去不复返，年迈之人追忆当年白纸一般的少年心境，莫名的伤感时时涌上心头。

我们这个为工人服务的书店是解放后才建立的。经理是上海刚参加革命的大学生、南下干部，二十四岁。其他售书员都是像我一样十五六岁的半大孩子。那是一个非常年轻、充满活力的集体，大家都住在书店的楼上，停止营业插上门板后就一起去看电影，或者经理打着拍子教我们唱"解放区的天"。我们还把书送到工厂矿山的工人手中。记得有一次，我和一个十六岁的男孩子一组，一路搭乘轰轰作响冒着黑烟的长途汽车，背着书到了著名的天府煤矿。出于好奇，我们想下矿井看看，却被周围的师傅们坚决制止了，理由是井下的工人都一丝不挂。

一九五二年六月西南工人出版社门市部与新华书店合并，小伙伴们都去了新华书店。好像当时《西南工人日报》编辑部需要一个干事，就把我调到了编辑部。他们私下告诉我，之所以调我去是因为我开发票时字写得不错。庆幸家严从小让我临写颜真卿，使我得到了这份工作。那年我十六岁，既无学历也无资历更没有后台，在编辑部我的工作既不是编辑也不是记者，是为编辑部服务的干事。不过我很忙，要负责给编辑记者们领工资、发电影票、跑印刷车间、拆看读者来信，然后分类交给编辑回信。晚上十二点起来，收听中央人民广播电台记录新闻。因为当时没有电传之类，为了不耽误第二天见报的重要新闻，只能夜半时分由我一字一字地记录下来，然后交夜间值班总编。虽然整天被呼来喝去的，我对这份工作还是相当的满意。首先，穿上了灰色的双排扣"列宁服"，参加了革命工作自食其力，脱离了家庭。其次，好歹这工作与文化相关，有利于自己的学习。因此，在那两年的工作中表现还是很积极的，曾得到冯社长在全报社大会上的表扬。写上这次的表扬并非为了夸耀自己工作得多么好，而是因为这次的表扬对我即将报考大学至关重要。

一九五四年中央出台了一项政策：凡参加工作三年以上的青年干部可以报考大学，入学后由国家给予助学金，享受调干大学生待遇。这消息对于我无疑是喜从天降，我的工龄三年半，够了，于是立刻跑到人事科报了名。多年后我才得知，我的报名曾引起人事科一番争论，原因很简单：我的家庭出身问题。

一个人的家庭出身不能由自己选择，这个简单的道理谁都懂。然而不幸，在那一股极左思潮泛滥的年代，凡是非劳动人民家庭出身的人，大都会被另眼看待，或者说受到歧视，我也不能幸免。这个家庭出身问题竟困扰了我半生，几乎毁掉了我的事业与前途，直到开放改革阳光普照的新时代才得以解脱。

因此在这篇小传里，有必要把我的家庭情况交代清楚，也便于读者更好地了解这个作者。

　　我的父亲谌祖陶（字述尧）是重庆巫山县人，就读于三十年代北京的"中国大学"。很遗憾，他选择了法律系，毕业后只能服务于当时的国家机器。他历任地方法院的书记员、推事，高等法院的院长，直至最高法院的庭长。所幸他老人家经办的是民事案件，不涉及刑事人命官司。重庆解放，他的历史被审查清楚后就留用于西南最高人民法院。我的母亲杨淑芳（字哲生）是河北保定清源县人，出身于一个封建的大家庭。她的寡母顶住族人的压力，用自己的私房钱偷偷送她外出求学。母亲读完了河北保定女子师范高中，毕业后在北京东城的史家胡同小学任教。抗战时期我家疏散在农村时，因村里的小学没有教员，她也当过两年乡村教师。印象中，母亲写得一手漂亮的毛笔字。《红楼梦》《聊斋》是她常看的书，对京剧《锁麟囊》《玉堂春》不但熟知还会唱几段，她说自己年轻时还是京剧票友。母亲的一生与政治毫无关系。我的祖父祖母都在老家重庆巫山县。至今我也没有回过巫山，没有见过祖父母。听家人说，他们一生就住在山清水秀的小三峡。虽然我对他们的经济状况一无所知，但在旧社会贫穷的深山里能供出一个大学生，定有不少土地，想必是个地主。

　　因此，从参加工作以来，在履历表"家庭出身"一栏里我都填上"官僚地主"。在那个动不动就"查三代"的年代，我这个家庭出身显然是极不光彩的，也难怪在我申请报考大学时会遭到一些革命同志的反对。不过，我运气很好，人事科的一位女组长（也许是副组长）坚持同意我的报名。她的论点就是人们常常挂在嘴上的"一个人的家庭出身不能自己选择，重在个人表现"，举的例子就是："她本人工作积极努力，曾在全社大会上受到过社长表扬"。平时我和这位大姐从无交往，只知道她姓张，是解放前的大学生，在学生运动中参加游行时被国民党军警的刺刀刺伤，留下了后遗症，身体不大好。算来她应该九十高龄了，每每想起我报考大学时的往事，总会想起她，尽管我连她的名字都不知道，还是由衷地感谢她的仗义执言。

终于准许我报了名，而且按规定给了一个月的复习时间。以我这初中二年级的水平，三十天的复习功课时间想考上大学几乎是不可能的，这就要感谢我的工作环境了。在编辑部，我周围的编辑记者大都是解放前的大学生，社领导是有学识有革命资历的老干部，我非常羡慕他们有学问还会写文章在报上发表。尽管当时我在编辑部是年龄最小、职务最低，学历更谈不上的小干部，倒也没有自暴自弃甘居下游，而是自强不息暗中努力，希望能迎头赶上他们。我的工作虽然烦杂琐碎，却有很大的机动性，只要把分内的事干完了，时间都是属于自己的，没有人管我。于是，在这期间我读完了初、高中学生应学的语文、历史、地理教科书，数理化没兴趣也看不懂。此外，刚解放时俄文很受追捧，电台里天天教俄语。我也弄了个小收音机很认真地毫无目的地跟着学，也就是想丰富自己的文化知识而已。

想来可笑，我这一系列"盲目"的自学，竟仿佛是为日后考大学做了充足的准备。当时还要考一门"政治时事"，这对我更容易。每天我记录的新闻都是国内外大事，答起考卷来驾轻就熟，比那些应届高中毕业生强多了，根本不用复习。在报考什么大学的问题上无人可商量，加上我非常自信，直接报考了北京的"外国语大学"（那时叫"北京俄文专修学校"）。很幸运，录取通知书寄来，大学我考上了，那年我十九岁。

如梦中一般，一九五四年我居然成为了新中国的一名大学生，而且享受调干学生待遇，由国家每月补助二十五元助学金。那时物价便宜，在学校食堂一日三餐，每月饭费交十二元五角就够了，自己还余十二块五。因为我有弟妹四人，母亲没有工作，家庭负担重，我每月寄回家十元，剩下两块五零用。那时人们都不富裕，有些自费大学生连这两块五零用钱也没有。

大学对于我绝对是一个美好的新天地，特别是图书馆。俄语我自学过一些，应付苏联老师考个"五分"并不难，我的专业学习成绩甚好。在大学的几年间，我把大部分的精力都放在了图书馆，真是如饥似渴般阅读中外名著，还参加了学校的文学社，而且"荣任"社团的"联络部长"。三年间寒暑假没有回过家，一来没钱买火车票，二来主要还是舍不得泡图书馆的时间。在那所大学里，与其说我读的是外语系，不如说上了一个"中文系"更贴切。那一段时光对我走上文学之路想来还是重要的。

入学时我们学校名为"北京俄文专修学校"，地址在北京西单石驸马大街，沿用着一部分旧北平女子师范大学的校舍，很快我们就搬到了北京西郊魏公村的新教学楼，并且改名"北京俄语学院"（现北京外国语大学）。本来学制是三年，应该一九五七年毕业。那年正赶上反右派运动，听说是因为学生分配的问题，延期一年，改成四年。一九五七年只有少数学生被一些单位挑走。中央广播事业局（现中央人民广播电台和中央电视台）到学校要了四个人，两名男生两名女生。又是很幸运，我是其中之一。

那时人们都没有电视，也无须电视台，只有中央人民广播电台。我被分配在中央台的伊朗、土耳其语组。因为当时缺少懂这两门外语的人才，就由我们把稿件翻译成俄语，再由懂俄语的专家译成他们本国的语言广播。不久，我们有了懂这两国语言的同志，我就被调到了对苏联广播部听众来信组。当时中苏关系尚未破裂，电台收到的苏联听众来信很多。我们组有五六个同志，每天办公室里只听见打字机响成一片，甚至还要加班加点。

很不幸，一九六〇年我晕倒在笨重的俄国打字机旁，从此开始了那一段不堪回首的日子。打针、吃药、住院，中西医都无济于事，关键是不能确诊是什么病因导致的频繁晕厥。晕倒总是突如其来人事不知，醒来则一切如常，只是精神不济，人也日见消瘦，一米六的身高，体重只有八十斤，倒也无须减肥了。最尴尬的一次是刚出家门，去医院等车时晕倒在 13 路公共汽车站。那时的人们崇尚急公好义救死扶伤，热心人从我的包里找到我家地址。幸亏宿舍离车站近，传达室的老王同志跑来把半死不活的我背回了家。

一九六二年左右中央机关精减干部，我榜上有名，被精减到北京市教育局。虽然在病休中被机关精减，似乎有些绝情，但若换位思考，从工作的需要出发，当局的决定也无可厚非。对于我个人，身体才是本钱，如果学校教书工作不那么紧张，从此摆脱疾病的折磨也未尝不是好事。谁知天不从人愿，站在讲台上照晕不误，万般无奈，我只得拿着病假工资待在市教育局，成为"待分配"干部。

所谓"祸兮，福所倚"！我自己也没有想到，这一病竟为我病出了又一片新天地，开始了我的写作生涯。尽管这片新天地并非那么鸟语花香，却也是上天的赐予，病中人的希望。我后来写的一篇散文《痛苦中的抉择》，多少描述了那时的真实。

这种病不犯时健康的好人一样，病休的日子里除了看书料理家务，我曾尝试学过画画，研究过烹调、缝纫，练习过翻译，后来干脆自己编写小说了。在我决定开始写作时，唯一支持我的人，或者说唯一知道这件事的人，只有我的丈夫范荣康。在这里，有必要交代一下我的家庭婚姻状况。

一九五六年大学二年级暑假我结婚了，周岁不满二十一吧，也许现在的年轻人觉得是早婚，其实在二十世纪五十年代十八九岁的女孩子结婚是很正常的事。更何况我们班上调干学生多，都是在社会上工作了三年以上的人，结了婚有孩子的也大有人在。

范荣康（原名梁达）也是从重庆调来北京的干部。他曾是西南《新华日报》的记者。在重庆时，我们两家报社比邻而居，有时也联合在一起开大会，听重要的传达报告。不过，那时我并不认识他，只是从《新华日报》上看到过他写的通讯文章。直到我来北京读书，他调到北京《人民日报》工作，才由我们报社的一位大姐正式介绍认识。好在曾读过他写的文章，也算知根知底。加上本人择偶标准很简单：忠厚诚实文化人，年龄差距六岁也合适。更加上双方都是孤身在北京，例行交往了月余之后，趁着学校暑假就结婚了，放在今天可能就叫"闪婚"。

我的家庭生活很平静也很正常，基本没有吵嘴打架之类的事。正像我后来小说里写的，家庭里的矛盾无非是柴米油盐之争，不涉及马列主义、修正主义原则问题，不必闹得刀光剑影你死我活。当然，夫妻间平静和谐的生活是建立在相互信任、相互扶持的基础之上的。就如我"异想天开"地要写小说，如果最亲近的人不支持，你根本就干不成。更何况六十年代写作被认为是不务正业，个人主义想"成名成家"，那可是大罪。也因此，在我写第一部长篇小说时犹如地下工作者一般，只能暗中进行。第一读者只有范荣康，外人都不知道。他是一个很称职的第一读者，不但负责挑毛病还能以他评论员的敏锐在政治上为作品把关，甚至可以动手改错别字和不当之处。后来，因为我的家庭出身问题遭到出版社"造反派"不公正的对待时，他和我共同顶住压力。特别是当我第一部长篇小说《万年青》在人民文学出版社出版之后，由于创作假问题被扣发了三年工资，以至于害得五口之家需要举债度日时，他都一如既往地支持我。当我在重重压力之下灰心丧气企图搁笔时，只有他鼓励我，认为我有写作的潜力，不写太可惜了。这也许又是我运气好，一生中得遇知己，而且是自己的丈夫。

请恕我不想回忆十八年前那个悲惨的日子了，那年一个月之内我的丈夫范荣康和大儿子梁左都相继离我而去。有读者常常要求我在扉页上写一句话，我曾写过"生活中有鲜花也有眼泪"。流泪的日子也要倾尽全力好好过下去，这就是生活！现在我拥有一个大家庭，有儿子、女儿，孙子、孙女，外孙、外孙女，去年有了两个小重孙，已是四世同堂。

耄耋之年回顾我的文学之路，虽是走得艰难，却也伴着无比的欢喜，似乎每走一步都是置之死地而又起死回生。一九七四年，我全心全意无比虔诚地写完了长篇小说《万年青》，无视当时政治风云的强劲，迫不及待地就把稿子交给了人民文学出版社。不幸正赶上"批林批孔"运动，我给出版社带去了灾难。出版社楼道里贴满了"造反派"的大字报："为什么要出版法官女儿的书，而不出版工农革命群众的书"。后来，经过艰难困苦的斗争，《万年青》才得以出版。之后我又写了长篇《光明与黑暗》。这两部长篇都是发表在新时期之前，没有选入这套文集中。

一九七八年，春满大地开放改革的新时期到来，我满怀喜悦地写完了中篇小说《永远是春天》。当时我在文学界谁也不认识，只认识人民文学出版社的编辑，就把书稿交给了编辑部的老孟同志。因为字数不够长篇他们不能发表，可是，老孟同志并没有把稿件退还我，而是积极地四处为这篇小说找出路，结果找到了上海复刊不久的大型期刊《收获》。小说稿放在了主编巴金同志的案头，同时也有人报告主编，这个作者"文革"中出版过两部长篇。这个小报告显然对作者是极为不利的，幸而巴金同志没有理睬这些闲话，甚至没有让作者修改直接就刊登了。从此，我很幸运地成为了《收获》的作者。

特别难忘的是，这篇小说发表之后，巴金同志听说这个作者还在扣着工资的情况下进行业余创作，就趁来北京开文代会之机，让他的女儿、《收获》的执行主编李小林同志到家里来看望作者。

记得那天我的三屉桌上是写了三分之一的《人到中年》手稿，她看了就非常热情地鼓励我快写下去。她的突然来访给我全家带来的惊喜可想而知。从那以后，四十年间她不仅是我的责任编辑，更是患难与共的挚友。直至今日，当得知我还没有出版过文集时，她也是那般地关怀安排，促成了此书的出版。

一九七九年，在我的中篇小说《人到中年》发表之后，北京市委由宣传部补发了我的三年工资，并把我调入北京市作家协会成了一名专业作家。

再回首，一生的选择没有错。文学创作伴随我度过了无数个春夏秋冬，见证了我孤独面壁时的辛劳，也见证了我笔耕收获的春色满园。我时时鞭策自己：今生不负心中这支笔！

二〇一八年十月八日
于北京红庙家中

谌容主要作品创作年表

《万年青》，1973 年完成初稿，1975 年出版，为作者处女作。

《光明与黑暗》，1977 年完成第一部的创作，1978 年出版。

《永远是春天》，1978 年创作，1979 年在《收获》发表。

《人到中年》，1979 年 11 月创作于北京，1980 年 1 月在《收获》发表。

《白雪》，1980 年 7 月发表。

《烦恼的星期日》，1980 年发表。

《心》，1980 年发表。

《玫瑰色的晚餐》，1980 年发表。

《病中》，1980 年 4 月创作，5 月发表。

《周末》，1980 年 7 月发表。

《痛苦中的抉择》，1981 年 1 月发表。

《赞歌》，1981 年 1 月在《收获》发表，1983 年出版。

《褪色的信》，1981 年 6 月发表。

《关于仔猪过冬问题》，1981 年 2 月创作，8 月发表。

《真真假假》，1980年初创作于北京，1982年在《收获》发表，1983年出版。

《彩色宽银幕故事片》，1982年发表。

《独自怎生得黑》，1982年4月发表。

《太子村的秘密》，1982年8月在《当代》发表，1983年出版。

《弯弯的月亮》，1982年9月发表。

《燕燕的作文》，1982年发表。

《从陆文婷到蒋筑英》，1983年2月发表。

《杨月月与萨特之研究》，1983年8月在《人民文学》发表，1984年出版。

《错，错，错！》，1984年发表。

《一个不正常的女人》，1984年发表。

《大公鸡悲喜剧》，1984年在《人民文学》发表。

《心绞痛》，1984年发表。

《007337》，1984年发表。

《散淡的人》，1985年发表。

《走投无路》，1986年发表。

《减去十岁》，1986年发表。

《同窗》，1987年4月16日创作。

《生死前后》，1987年发表。

《献上一束夜来香》，1987年在《花城》发表。

《懒得离婚》，1988年在《解放军文艺》发表。

《啼笑皆非》，1989年发表。

《花开花落》，1991 年发表。

《人到老年》，1991 年出版。

《梦中的河》，1993 年出版。

《空巢颂》，2007 年 11 月在《收获》发表。

《淅沥沥的小雨》，创作／发表时间暂缺。

编辑的话

罗静文

在当代文坛上，特别是新时期以来的作家群体中，自学成才且勤奋创作的女作家谌容当是其中的佼佼者之一。她的长篇、中篇、短篇小说题材广泛、情真意切，无不植根于黄土地之中，无不倾注着她对生的达观，对人的慈悲与关爱。因而，她的作品，如《人到中年》《减去十岁》《懒得离婚》等广为人们熟知。作为一个作家，拥有大量的读者即是最高的奖赏和证明，她就是一位深受众多读者喜爱的作家。

谌容，是大家熟悉的这位女作家的名字。之前她曾用名谌德馨、谌德容。按谌氏家族排行，她算"德"字辈。一九七五年她的第一部长篇小说发表时，不知是有意还是无意，她抹掉了辈分中的那个字，改名简单的"谌容"，亦为笔名。

在重庆巫山县的小三峡，有一个乡集聚着谌氏家族。她的祖父一生居住在那里，是个地主。她的祖母却是穷人家的姑娘，从小养在谌家的童养媳。她曾听父亲讲起祖母在谌家卑微的处境：祖父为所欲为、横行霸道，祖母绝对不敢干预，她只能忍气吞声，没有任何话语权，甚至不被允许在上房与祖父同桌吃饭，祖母的弟弟偶尔来探望也只能悄悄地从后门进。直到她生养的五个儿子长大成人，又在外边公干，并且很孝顺她，她在家里的地位才得以改善，获准与祖父同桌吃饭。谌容讲起自己祖母的身世时曾调侃道：遗憾没有生在母系社会，否则，以我的祖母为准查三代，我可是属于卖儿卖女的赤贫阶层，正经八百贫雇农的后代。

谌容生于一九三五年，她说自己"生不逢时"，在硝烟弥漫的抗日战争中，随父亲的机关疏散到大后方四川。在动荡的生活中，好不容易才念完了小学。在她的童年生活中没有电视，没有电话，没有音响，幸亏父母都是知识分子，辗转流离中还带着几本大人看的书，无非是《红楼梦》《聊斋志异》《三国演义》《古文观止》，还有父亲的《六法全书》之类。谌容曾开玩笑说：正经我算半个红学家，不到十岁我就开始"研究"《红楼梦》了，只可惜好多字都不认识。她常说："我们这一代之所以能忝为作家，完全是'时势造英雄'，别人不敢说，反正我是。既没有老一辈作家深厚的中国文化底蕴，更比不了前辈的学贯中西，只不过赶上了改革开放的好时代，自己有所悟加上对文学的热爱，写出了几篇小说而已。"

应该说，谌容是生长在一个有文化的富裕的家庭里，正像她自己在"家庭出身"栏里填写的"官僚地主"一样。虽然她没有回过巫山老家，没有经历过上一辈的地主生活，但是，由于她的父亲在国民党时期身居高位，她从小也是锦衣玉食、不乏用人伺候的大小姐。在自传里她简略地写了她的母亲，也是三十年代高中毕业、自食其力的新女性，出身于封建的大家族。在衣食无忧有文化的家庭里，她爱读书的习惯，似乎从小就养成了。

重庆解放后，她父亲的历史当然需要审查。尽管审查清楚之后父亲仍留用于西南最高人民法院，但谌容却急于脱离家庭参加工作自食其力。好在当时重庆刚解放，部队、地方都在招收年轻人。十五岁的谌容和同学多处去报考，唱个歌就考上了部队文工团，报个名就被西南工人出版社门市部录取了（书店营业员）。两者择其一，她选择了能与书为伴的书店。她还得意地讲起，站柜台时如何冒着被经理批评的危险读完了高尔基的三部曲、普希金的诗等。一年之后她被调到《西南工人日报》编辑部任干事。从十六岁到报社编辑部，这两年多对谌容的成长至关重要。她利用业余时间自修完初中、高中的课程，时逢一九五四年中央号召青年干部考大学，十九岁的谌容考上了北京外国语大学（当时名"北京俄文专修学校"），成为新中国第一批享受国家助学金的调干大学生。

能进入高等学府使年轻的谌容欣喜万分，酷爱读书的她对学校的图书馆更是情有独钟。这期间她好像把学俄文当成了"副业"，只为了应付苏联老师考个高分，而把大部分精力放在去图书馆读书。她是学生文学社团的"联络部长"，曾举办全校的诗歌朗诵会。说起当年她冒昧登门艾青家，居然请来了这位著名诗人到校的往事，她仍然面带得意的微笑。在这所学校里大量的阅读，无疑对她后来的写作大有裨益。一九五七年中央广播事业局（现中央电视台与中央人民广播电台）到学校要了四名学生，谌容是其中之一。

从大学毕业再次走上工作岗位，而且被分配在令人羡慕的中央单位，做着专业对口的翻译工作，特别是当时她已和《人民日报》记者范荣康同志结婚成家，事业、家庭都很安乐顺遂。如果她一直在这里工作下去，也许就没有现在的女作家谌容了。每一个作家走上文学之路的经历都不尽相同，而谌容则是因为生病。她后来的散文《痛苦中的抉择》已有记叙，这里就不重复了。

纵观谌容的作品，其中一部分是以农村生活为题材的小说。曾有人质疑，她长期生活工作在大城市，怎么能生动地描写出县、乡、村干部和农民？据笔者了解，由于各种原因，她曾在南方和北方的农村生活了十年。童年时因躲避战乱在重庆的乡下待了几年，后又"下放劳动"在北京的郊区生活了五年。这只是客观的际遇，主要还是因为从一开始写作，她就不屑于写自己的身边琐事，而是希望扩大视野，了解更丰富的社会生活，更多的人群。她认为，对于一个作家，丰富的学识固然重要，而生活的积累更是最大的财富。她把"生活是创作的唯一源泉"奉为真理，而且身体力行。特别是在一九八〇年她成为北京市作家协会的专业作家之后，更加有条件去她想去的地方"深入生活"了。

在中篇小说《赞歌》中，她写出了那个年代三位令人敬佩的县委书记。那时她去过不少县，那里有她许多的朋友。她参加县、社的各种会议，和他们一起走村串社，了解他们的喜怒哀乐。因而，她深知作为一方父母官的难处，也窥见了他们偶尔的"欺上瞒下"。她敢写他们，因为她懂得他们。她甚至把自己当成了其中的一员，与他们同欢乐共患难。例如，她在北京远郊密云县住了一段时间，时逢党中央发布"一号文件"。她参加了县委布置的各级干部学习讨论会，深感这个文件使全县的干部群众都受到极大的鼓舞，对这个县今后的开拓发展大有好处。于是，从来不写通讯报道的她竟然热情洋溢地写了一篇《一号文件到密云》，这也是她写的唯一一篇通讯，刊登在当年的《人民日报》上。此篇也收入文集中。

可以毫不夸张地说，几乎她的每一篇小说都不是随意"杜撰"的。写之前她不惜耗费心血与时间做了大量的工作，用谌容的话说是"功夫用在书桌之外"。由于她对环境保护的关心，就想以保护水资源为主题试写一篇小说。为此，她挑选了一条河，去了那里的省环保局，并在环保干部们的陪同下沿着被污染的河走了一遭。眼见祖国的大好河流被毁坏，对于一个有社会责任感的作家来说是不能容忍的。在了解这一切之后，她迫不及待地先写了一篇散文《国在山河破》，然后才精心构思着自己的小说。最终谌容写出了感人的长篇小说《梦中的河》。这部小说在内地发表之后，曾在香港地区的《星岛日报》全篇连载。

再如她写《人到中年》。当她决定写那个年代中年知识分子的境遇，并在构思时选择了中年医生为小说里的主人公时，却没有立刻动笔。她觉得自己虽然也是知识分子，对这个群体不乏了解，但是，对医生这个职业却很生疏。于是她去了北京的同仁医院，在那里待了一个月，穿上白大褂在医院里进进出出，从门诊到手术室，深入到医护人员的工作生活之中。据说她原来的构思中并没有刘学尧、姜亚芬夫妇出国这一情节，而是当时在医院里发生了这样一件事：两位医术高超的中年医生申请出国继承遗产被批准了。在改革开放的初期，人们的思想尚未从禁锢中解放出来，普遍视出国如"叛国"，因而在此前的文学作品中从未涉及过此类事件。不仅如此，在那知识分子被视为"臭老九"的余毒尚未肃清的年代，文学作品中已经多年未出现过以知识分子为主角的小说了。一九七九年谌容《人到中年》的面世，无疑是给单色的文坛平添了一抹色彩，让知识分子这个对国家发展至为重要的群体，重新登上了文学的舞台。也因此，有评论认为谌容是一位写"社会问题"的作家，甚至调侃说她不像一位纤弱的女作家，其家国情怀颇有大丈夫气概。对于一切的褒贬，谌容从不作答，她只有一句话："我知道的生活就是这样的。"

这就是为什么我们读她的作品第一感觉就是真，真人、真事、真性情。

读谌容的小说能感到题材之广泛、构思之奇巧，或者说自由自在、无拘无束，想写什么就写什么，"嬉笑怒骂皆成文章"这句话用在她的一系列作品中并非妄言。她写了不少"重大题材"的小说，也写了不少"微不足道"的人间小事，而且极具幽默之能事，读来令人愉悦且信服。

例如她的中篇小说《啼笑皆非》，几万字的小说就围绕一个人的"牙缝"问题。一位女大学生被分配到令人羡慕的国家机关，本应欢呼雀跃感谢上天，可她却是痛苦万分昼夜不得安宁。不为别的，只因为她办公桌对面坐着的那位资深老同志嘴里的"牙"。那人的牙长得不整齐，有一条缝隙，缝隙里每天塞着五颜六色不同的残留物。女大学生一抬头就不可避免地映入眼帘，躲也躲不过。甚至影响到她和男友共进晚餐，因为想起了那条牙缝。

这样一个看似荒诞的"立意"，在她的笔下却是言之凿凿委婉可信，再加上风趣的叙述、幽默的语句，让人不得不同情这位女大学生无法言说的烦恼，也让人不得不联想到生活中确实存在此类"啼笑皆非"的事情；联想到人与人之间的芥蒂与不和谐，并非都来自大是大非的"原则问题"，而有一些说不清道不明的尴尬藏匿其中。

一九八七年香港香江出版公司出版了一本《谌容幽默小说选》，其中主要作品也收入这次的文集中。从选题的别出心裁到行文的机智幽默，在她的短篇小说中表现得尤为突出。试看以下几篇：

《减去十岁》，这题目就很新颖。小说中荒诞地虚构了上级的一个文件：即日起每人都减去十岁！作者煞有介事地描写了这个爆炸性消息掀起的风暴，描写了各年龄段的人对能"找回生命中十年"的狂喜，描写了他们对意外得来的十年激情满怀的憧憬。这篇小说产生在那个特殊的年代，那个年代也就是庆祝改革开放四十周年大会上习主席在报告中提到的："'文化大革命'十年内乱导致我国经济濒临崩溃的边缘，人民温饱都成问题，国家建设百业待兴。党内外强烈要求纠正'文化大革命'的错误，使党和国家从危难中重新奋起。"

回首那不堪回首的十年，人们捶胸顿足，痛感十年的光阴白白地流逝。"减去十岁"！为每个人找回宝贵的十年，无疑是当时人们心灵深处的呐喊。尽管这子虚乌有的文件只是画饼充饥而已，读者仍然对这篇短短的小说赞赏有加，因为作者与她的读者心灵是息息相通的。在谈到这篇小说的结尾时，谌容曾坦言下笔艰难："我不忍心写没有这个文件，我又不能写真有这个文件。"于是，小说的结尾就是现在这样了：文件不知搁哪儿了，大家都在翻箱倒柜地寻找……

时隔经年，这篇小说今天读来仍然令人浮想联翩，仍然引起读者的共鸣。那是因为我们常常叹息浪费了自己的青春，丢掉了生命中大好的时光，恨不能在人生的路上退回去再走一回！这也许就是文学作品的生命力吧。

《大公鸡悲喜剧》是一篇拟人化的小说，全篇是一只牢骚满腹的大公鸡的自述。它反对把鸡关在笼子里的现代化饲养；它向往像它爷爷那年月无拘无束的散养；它憧憬在大自然的怀抱中觅食蚯蚓的乐趣；它哀叹身陷笼中被剥夺了与异性谈情说爱的权利；它鄙视现代人不懂得大公鸡对社稷之重要，为此还引经据典说，西晋的大将军刘琨都懂得"闻鸡起舞，立志报国"；它一百个瞧不上现代的人，讥讽他们没文化不懂风雅，写不出唐朝大诗人温庭筠的诗"鸡声茅店月，人迹板桥霜"，等等，等等。这只狂妄自大目空一切的大公鸡简直要成精了，读来令人捧腹。

《心绞痛》写了一个病入膏肓的小人。他无论遇到什么事什么人，只要觉得别人比自己过得好，立刻就犯病，就心绞痛晕死过去。每到此时，必得由他的妻子把对方狠狠咒骂一通，他方能缓过这口气来。然而，令他不顺心的事时有发生，心绞痛发作也就日趋频繁，最后终于住进了医院。病房里还躺着他单位里的一个同志，探视时间那位同志的夫人来了，他瞧了一眼那位夫人，立刻犯病晕了过去。他的妻子莫名其妙不知何故，半天他才伸出手指哆哆嗦嗦说：她是双眼皮！原来，自己的妻子是单眼皮，他心绞痛了。隐忍多年的妻子终于爆发了，要跟他离婚。作者以冷冷的笔调描写了这类人物病态的心理，可谓入木三分鞭辟入里。

在谌容的作品中，除了新颖多样的选题、不拘一格的表现形式、活泼诙谐的语言之外，为塑造人物或者情节的需要，作者常常信手拈来地引入一些名人名句或诗词，这在谌容的作品中是屡见不鲜的。她那部写家庭问题的中篇小说《错，错，错！》，书名就直接取自南宋诗人陆游的名篇《钗头凤》；在《人到中年》里描写到主要人物的爱情篇章时，她引用了十九世纪匈牙利诗人裴多菲的抒情诗《我愿意是激流》；在写到家庭需要夫妻双方共同经营时，她引用了名句："烹调是通向家庭幸福的桥梁。"对于一个作家来说，创作时引用些前人的诗词名言不足为奇，但这位女作家如此轻巧地把这些名句搜入，从而增添了自己作品的光彩，也可谓一聪明的特色也。

以上系一家之言，仅供读者参考。

后　记

　　为了文集的编纂，把新时期以来写的小说翻看了一遍。旧作重读，仿佛是老友一别经年再相逢，酸甜苦辣个中滋味只有作者自己心里清楚。掩卷沉思，首先浮现在眼前的竟然不是创作中的艰辛与彷徨，而是小说之外的，那些想起来就禁不住微微一笑的趣事。今原封不动地写来，说给我的读者。

　　为写眼科医生，我去了国内眼科最著名的北京同仁医院，结识了那位文静的眼科主任。她不仅医术高超，待人更是温言细语和蔼可亲，是一位值得患者信赖的女医生。我有幸随其右，在她的指导下我似懂非懂地读了一本《眼科学》，又特许我进入手术室实地观看她的手术。记得那天，我穿着软底鞋白大褂，尽量克制着内心的好奇喜悦与激动，装得跟那一大群观摩的年轻大夫似的，窸窸窣窣跟着主任走进了神圣的手术室。

　　没有想到，刚进入手术室区域就给了我一个下马威！宽阔洁净的走廊两旁是不同科室的一间间手术室。进门后不知怎么我们在右边的一间门口处停了下来，好像是身旁的主任在介绍这是内科手术室。我就朝那个围满了白大褂的手术台看了一眼，这一看不要紧，害得我终生难忘。手术台上白罩单下只露出一个光光的肥大的肚子，只见主刀的大夫飞快地一刀下去，鲜红的血顷刻间喷泉似的直射了出来，就听主刀大夫在喊"夹住，夹住"！旁边的助手们自然是久经沙场司空见惯了的，一边操作还一边调侃："看这肚子全是油！"

当时自己为什么没有离开？一来可能是给吓蒙了，二来只能是职业病好奇心使然。下一间是外科手术室，在门口处就听说是一台锯腿什么的大手术，我仿佛觉得那里边正在"磨刀霍霍"。惊魂未定的我努力镇定自己，还强笑着催促主任赶紧去眼科手术室。同时心中暗自庆幸，多亏自己英明选择了眼科，否则，这鲜血四溅的场景即便我敢写，谁敢看哪！

一篇小说毕竟字数有限，哪能写出一个专业的莫测高深与严格规章，主任无意中给我上的"第一课"竟是洗手。换好手术室专用浅蓝色短袖服装，和主任并排站在洗手池前。只见她用肥皂一直抹到臂膀，认真揉搓之后在水龙头下冲净，然后再抹肥皂再冲净，好像反复了三次。还没完，她又专注地在双手上涂满肥皂，用小刷子认真仔细地刷指甲缝，也是冲净了肥皂再抹再刷再冲。她很自然地做这一切，我却在一旁看得发愣。就见她雪白的胳膊已经被洗得红通通的，也担心那指甲缝怎经得如此反复地刷。虽然我也轻轻地照猫画虎地洗着，还是憋不住问了一句：要洗几次才算洗干净了？她回答我三个字：无菌觉！

手术进行时，主任特许我隔着患者坐在她的对面。这是一台颇为难得的角膜移植手术，之所以难得是必须有别人捐献的角膜。眼科手术的器械都是很精巧细致的，不过，即便是用针刺破眼膜的小小手术，也必然是要见血的。主任让我用棉签按住出血的部位，我毫不犹豫地照做了。手术非常完美，术后在洗手池前主任微笑地对我说：谌容同志，你不应该当作家，应该当医生。我问她为什么，她说：因为你不怕血。她哪里知道，当时我只顾看手术的全过程，根本顾不上害怕。我没有告诉她，其实就在踏进手术室的一瞬间，第一眼看见手术台上的病人时，就着实被吓得不轻。那病人在白罩单下躺着，面部蒙着一块眼科手术专用的白色方巾。我把它称之为专用，是因为那方巾盖住了整张脸，只留有一个圆洞，其大小恰恰能露出一只眼睛。这时还没有麻醉，眼球可以自由转动，那只亮晶晶的眼球急速不安地转动着，眼神里充满了恐惧无助甚至乞求，显得十分怪异可怖。这一刹那的被惊吓我真没有浪费，全写进小说里了。写在无知的红卫兵冲进手术室那一刻，手术台上这只可怕的眼睛吓得他们落荒而逃。

观看手术之前我还真是做了点功课，对托盘里的持针器之类都已熟知，因而在小说里敢尽情细致地描写，以至于后来不少读者来信断定作者是医生。我没有回信更正，将错就错觉得很光荣。忆及四十年前在医院的那段日子，虽然时不时地被惊吓，却也使我大开眼界，更进一步知道医务工作者的艰难与非凡的品质，能成为一个医生谈何容易！

那是改革开放的初期，我想写写那一代中年人，写写那些在单位是骨干、在家庭是顶梁柱的中年知识分子，微薄的收入和累人的劳作使其不堪生活之重。然而，他们仍然凭着良知尽职于社会、尽责于家庭，满怀激情地迎接新时期的到来，无愧为一代精英！于是，写了《人到中年》。

出版社编辑小罗把长篇小说《梦中的河》放在了文集的第一卷。她抱着书稿到家里来征求我的意见时还笑说：真不知道您还写了一部以环境保护为题材的长篇。

我告诉她，引得我写这篇小说的是报上的一则新闻，短短的几百字。文中只惋惜地报道一个喷泉的景点突然没水了，原因是水污染。保护环境，给子孙万代留下一个清平世界，是摆在全国人民面前的一个大题目。尽管对环保这门专业知之甚少，我也觉得应该尽绵薄之力。

聊到这篇小说，不由得想起了陈年往事。开始我虽然想为环保写点什么，但对能否写出一篇以保护水资源为背景的小说并没有把握，只是很想去看看那条河，看看它是怎么被污染的。好在当时国家环保局的局长是文学爱好者，是我的读者，也是我的朋友。他非常支持我，并且给那个省环保局打了个招呼，没有用北京作家协会的介绍信我就飞去了。

到了省环保局，同志们得知我关心环保，想了解有关河流被污染的问题时，顿时视我为知己，待我如亲人般热情有加，轮番给我讲解有关环境保护的知识，特别是专业保护水资源的课题，恨不能一夜之间就把我培养成环保卫士！他们告诉我，那条倒霉的河每年要被迫接纳工业废水一亿多吨，酚、氰、汞、砷、铬、氨、氮，各种有毒的物质指标大大超过标准。特别是化工厂的黄磷废水污染，更能造成严重的中毒事件，不但鱼虾贝类难逃活命，就连强壮的耕牛都能活活被毒死。

也许是我对了解这个陌生的领域思想准备不足，当他们滔滔不绝如数家珍般讲述时，那些生僻的专业名词，我听来非常吃力，更别说记住。于是他们又精挑细选地给我找来一大堆资料，供我加深记忆，弄懂这门全新的学问。毕竟百闻不如一见，省环保局的同志们又热情地陪着我，乘着小面包车从省里出发到地区到县到公社，沿着这条河的源头顺流而下一路看去。在那些日日夜夜，白天我们风尘仆仆，晚上我们谈天说地，那样一种单纯的快乐至今难以忘怀。

从旁观察，觉得这个专业的难度极大而且很特殊。他们不同于医生治好病人就功德圆满，他们也不像演员演好角色就获得掌声，他们的工作成绩几乎是看不见摸不着的。有谁能界定他们的工作完满了？小说里挑选的例子都是看得见的，那是为了文学作品的需要，其实，大量繁重的工作是防患于未然。因此我觉得他们有点像地下工作者，默默无闻地与天斗与地斗，当然主要还是与人斗。一部小说远不能写出为保卫祖国大好河山而奋斗的他们！

近年来看到中央一系列保护环境的举措：拒绝洋垃圾进口，关停不良小工厂，加强河流的监管力度，等等，让人备感欣慰。"中国梦"不是梦，必定是明天美好的现实。我"梦中的河"也将变得如梦中一般清丽可人！但愿到那时，能满心欢喜地再沿着这条河走一趟。

一篇小说孕育的过程往往是很有趣的，就如我写这篇《减去十岁》。

那是改革开放的初期，全国人民都如大梦方醒，兴高采烈地迎接新时期的到来。高兴之余又不免叹息，怎么浑浑噩噩的就过去了十年？那十年到哪里去了？在老同学聚会中，在老朋友相见时，一张张欢笑的脸上却又不经意地闪着泪花，心中难言的种种谁人得以诉说？生命中的十年被浪费了，没有了，小鸟一样飞去再也飞不回来了！

我被这一片愁云包裹着，深陷在这无言的懊恼中，神仙也不能把丢失的岁月还给你！忽然，一个念头闪现了出来：不堪回首就别去回首，把那荒废的十年扔到脑后，把那十年从记忆中抹去，让每个人都找回十年，让每个人都减去十岁，岂不快哉！

正所谓，假作真时真亦假。一篇荒诞小说就这样飞快地形成了。记得构思的过程非常的顺畅快捷，甚至是非常愉悦——一个爆炸性的消息在机关风传了开来：中央要发一个文件，每个人都减去十岁！

于是，各个年龄段的人都欣喜若狂跃跃欲试：我就要减去十岁，我就要找回十年，我该干些什么？本来五十九岁还差一年就退休的老同志，想到还可以再大干十年，立刻精神百倍一扫老态；本来四十九岁的科研人员想到即将回到三十九岁正当壮年，顷刻间意气风发衰怨全无；本来三十九岁肥胖臃肿的女士想到就要变回二十九，马上动手修饰打扮，还能抓住青春的尾巴；更别说本来二十九岁的老姑娘将变成十九岁花朵儿般妙龄少女的狂喜！

　　小说写到这里我不知道该怎么结束了，我的"文件"掀起了一场风暴，给人人带来了一个美梦。笔下真不忍心写没有这个文件，可又不能写真有这个文件。于是，我只能写成现在这样：文件不知搁哪儿了，大家都在疯狂地寻找！

　　最后想说的是，这次《谌容文集》的出版，也是一个偶然。

　　二十年前，广州花城出版社曾把出版我的文集列入计划，由编辑部主任文能同志负责。当时觉得来日方长多写几篇等等再说，这事也就不了了之。谁知这一等竟是二十年！而今我已是耄耋之年，自知精力枯竭力不从心，这种累人的事干不了了，故而从未有此奢望。

　　谁知去年岁末，《收获》创刊六十周年庆典，我有幸应邀到了上海。会后去巴金纪念馆拜祭巴老，在巴老故居的客厅里见到了编辑部的朋友们，久别重逢，大家都很高兴。笑谈中他们得知我尚未出版过文集，就竭力鼓动我必须做这件事，而且许诺不用我出力！

　　今天文集真的编好了，我怎能不感谢他们！现巴金纪念馆馆长李小林，她不仅是我多年在《收获》的责任编辑，不仅同意用她父亲巴金同志的美文为全书代序，而且促成了这套文集的出版。纪念馆的周立民同志、王伟歌同志，编辑部的肖元敏同志为我承担了一切：从收集作品、寻找照片、编排卷次、制作年表，直到联系出版社，他们统统包揽了。又蒙作家出版社格外垂青，社长吴义勤同志亲自安排，资深编辑罗静文同志精心制作，文集才得以成册。正如离开上海前夕李小林的话：这是意外之喜。

　　没有朋友们的热情鼓励与切实的帮助，我的文集是绝无可能出版的。事情他们都做了，留给我的任务只是写几篇短文。

　　写好后记，我的任务就完成了。

二〇一八年八月十八日

谌容写于北京

图书在版编目（CIP）数据

谌容文集：全六卷 / 谌容著 .—北京：作家出版社，2019.9
ISBN 978-7-5212-0601-2

Ⅰ.①谌… Ⅱ.①谌… Ⅲ.①中国文学－当代文学－作
品综合集 Ⅳ.① I217.2

中国版本图书馆 CIP 数据核字（2019）第 120120 号

谌容文集（全六卷）

作　　者：谌　容
责任编辑：罗静文　杨新月
装帧设计：意匠文化·丁奔亮
艺术指导：胡铭原
出版发行：作家出版社有限公司
社　　址：北京农展馆南里 10 号　　　邮　　编：100125
电话传真：86-10-65067186（发行中心及邮购部）
　　　　　86-10-65004079（总编室）
E-mail:zuojia @ zuojia.net.cn
http://www.zuojiachubanshe.com
印　　刷：中煤（北京）印务有限公司
成品尺寸：152×230
总 字 数：1600 千
总 印 张：143
版　　次：2019 年 9 月第 1 版
印　　次：2019 年 9 月第 1 次印刷
ISBN 978-7-5212-0601-2
定　　价：288.00 元